Die Kaputtenschule

Ein Unfall verändert ein ganzes Leben

Dieser Roman spielt in den Jahren 1965 bis
1968

Diesen Roman widme ich meinen alten Schulkameraden, Freunden und Lebensabschnittsgefährten, die mit mir in dieser Zeit gelebt haben. Der wahre Kern der Geschichte wurde fantasievoll erweitert und dient als Grundlage für diese Geschichte. Wer sich darin wiederfindet, der erinnert sich an die Jugend und die wilden sechziger Jahre. Wer damals noch nicht gelebt hat, bekommt wenigstens einen Eindruck, was wir erlebt, und wie, wir damals gelebt haben.

Seit meiner Kindheit liebe ich das Lied „Die Gedanken sind frei". Deshalb ist meine Meinung: „Auch wenn Regierungen in dieser Welt oft Menschen unterdrücken und Lieder oder Bücher verbieten, so werden sie dennoch niemals ein Verbot, ein Schloss oder eine Schranke für einen freien Geist finden".

Udo Lutz Burkhardt

VORWORT

Adrian war ein sportlicher Junge, der mit seinem Vater und seinen vier Brüdern regelmäßig an Sportfesten im Frankfurter Raum teilgenommen hatte. Mit einer Größe von 1,82 Meter war er ein idealer Mehrkämpfer, und sein großes Ziel waren die Olympischen Spiele. Er hatte im Juni 1964 bei den Bezirksmeisterschaften in Frankfurt den 5. Platz im Speerwerfen sowie eine gute Platzierung im Kugelstoßen und Diskuswerfen erzielt. Die anderen Disziplinen waren mittelmäßig, nur Stabhochsprung und die 1500 Meter mussten noch trainiert werden. Ein guter Zehnkämpfer zu werden, war ein schwerer und langer Weg, aber man kann ja mal träumen, denn er hatte die Zukunft noch vor sich. Auch die örtliche Presse hatte damals schon von seiner Familie gehört, und veröffentlichte einen Bericht mit Foto von der ganzen Familie beim Sportfest, mit der Überschrift „Hut ab vor dieser Familie". Adrian war stolz auf seine Familie und guter Hoffnung es weit zu bringen.

Doch das Schicksal hatte noch ein paar schwierige Prüfungen für ihn bereit, denn kurz nach seiner Gesellenprüfung im Februar 1965 hatte er einen schweren Verkehrsunfall, der seine Träume von Olympia zu einem jähen Ende brachte. Er musste erkennen, dass sich das Leben schnell um 180 Grad drehen kann, und er musste sich diesem neuen Lebensabschnitt stellen. Statt Sport ging er nun den Weg eines Künstlers, statt Mehrkampf und Olympischen Spielen würde sich sein Lebensweg in Richtung Musik oder Malerei verändern. Das erforderte den Wechsel in einen weniger körperlichen Beruf, nämlich als Grafiker, den er in einer anderthalb jährigen Umschulung in einer Landesversehrtenberufsfachschule absolvieren sollte. Danach konnte er die Aufnahmeprüfung in einer Kunsthochschule machen, um Malerei und Grafik zu studieren, oder nach weiteren anderthalb Jahren Praktikum in einer Werbeagentur die Gesellenprüfung als Grafiker abschließen. Da es eine spezielle Schule war, würde er dort viele Jungen und Mädchen kennenlernen, die durch Unfall oder Krankheit ein ähnliches Schicksal erlitten hatten, wie er selbst. Das würde ihm die Augen öffnen für die Vielfalt und unerwarteten Wege, die das Leben plötzlich nehmen kann.

Prickelnde Liebschaften und tiefe Freundschaften, die ein Leben lang halten würden, brachten ihm die Erkenntnis, dass Sport nicht alles im Leben ist.

1. KAPITEL

An einem nasskalten Tag im Februar 1965 hatte Adrian seine Gesellenprüfung in der Industrie und Handelskammer Offenbach. Es war eine kleine Gruppe von sieben Lehrlingen, die nun ihre dreijährige Lehre beendeten und sich auf ein besseres Gehalt als Schaufenstergestalter, oder wie man noch sagte „Dekorateur", freuten. Alle waren etwas nervös, denn keiner wollte durch die Prüfung rasseln. Im ersten Stock der Industrie und Handelskammer waren alle Schaufenster für die Prüfung aufgestellt und von vorne begehbar. Fensterscheiben brauchte man ja nicht, denn so war es einfacher, die Fenster zu gestalten und zu begutachten. Jeder hatte ein leeres Schaufenster zur Verfügung und musste es innerhalb einer gewissen Zeit fertig dekoriert haben. Unter den zur Prüfung angetretenen Lehrlingen war auch ein Mädchen namens Julischka. Als einziges Mädchen genoss sie natürlich die volle Aufmerksamkeit aller anwesenden Jungens, und damit ging auch schon das Werben um sie los. Sie war sehr hübsch, und jeder wollte sich von seiner besten Seite zeigen und sich als hilfsbereiten Gentleman präsentieren. Adrian rechnete sich Chancen bei ihr aus, weil sie ihr Fenster direkt neben dem seinen hatte. „Hallo Julischka, ich bin Adrian. Was hast du denn für ein Motte in deinem Schaufenster und wie viel Zeit hast du geplant für die Prüfung?" Julischka schaute ihn mit ihren großen feurigen Augen an und antwortete etwas gereizt: „Mein Motto ist Mode, aber davon habt ihr Männer eh keine Ahnung, und Zeit hab ich auch nicht genug, wenn wir hier noch lange rumlabern", „Ooh, sie hat Feuer", dachte Adrian und fragte vorsichtig nach, woher sie denn eigentlich sei, denn typisch Deutsch sah sie nicht aus. „Ich bin natürlich aus Ungarn, das sagt doch schon mein Name, oder?", sagte sie etwas schnippisch. Adrian gefiel ihre direkte

Art und er fing an leise ein Lied zu singen. „Die Julischka, die Julischka, aus Buda-Budapest, die hat ein Herz voll Paprika, das keinen in Ruhe lässt", „Ja, ja, das hat man mir schon öfter vorgesungen", aber jetzt lächelte sie ihn an, mit ihren großen Rehaugen, und er konnte ihrem Charme nicht entrinnen. Dann flüsterte sie leise: „Ich komme nicht aus Budapest, sondern aus einem kleinen Dorf in der Nähe, mit dem Namen Biatorbagy", „Biatorbagy? Das kann sich ja niemand merken, geschweige denn aussprechen", lacht Adrian. „Aber das macht nichts, du erfüllst auf jeden Fall das Klischee in diesem Lied, du bist hübsch, hast Feuer und bist aus Ungarn". Julischka lachte ihn daraufhin freundlich an."Oh, vielen Dank, ich fühle mich geschmeichelt, aber das hilft mir jetzt auch nicht mit meinem Fenster weiter. Ich muss mit meiner Deko fertig werden". Sie wandte sich ab, ließ Adrian stehen und ging zu ihrem Fenster. Das waren die Tricks der damaligen Frauen, Uninteresse vorspielen, und damit das Interesse des Mannes erwecken. Und es funktionierte, sie hatte erreicht, was sie wollte, denn Adrian ging ihr nach und sagte: „Soll ich dir ein wenig helfen, damit du rechtzeitig fertig wirst?" „Ach ja, das wäre sehr lieb von Dir" schmachtete sie ihn an. Sie sah so verführerisch aus, und man konnte ihr keine Bitte abschlagen. „Ich wäre dir wirklich sehr dankbar" hauchte sie ihn fast zärtlich an. „Vielleicht geht sie ja mal mit mir aus, aus Dankbarkeit, wenn ich ihr ein wenig helfe", denkt Adrian, und half ihr beim dekorieren wo er nur konnte. Leider hatte er dabei die vorgegebenen Stunden vergessen, dieser Trottel.

Die Zeit verging wie im Flug und beide tapezierten, malten, sägten und hämmerten in ihren Fenstern drauf los. Adrian half, wo er konnte und sie kamen sich dabei auf ganz natürliche Weise näher. Sie drapierte Blumen an ihrer Schaufensterpuppe und er befestigte die Fußleiste in ihrem Fenster. Dabei berührte er zufällig ihr Fußgelenk und sein Blick fiel auf ihre schönen Beine. „Wow, sie hat die Beine eines Models, die würde ich gerne mal berühren oder streicheln", dachte Adrian und schaute sie etwas verlegen an. „Du sollst nicht meine Beine anschauen, sondern die Fußleiste anbringen", sagt sie laut, als könne sie seine Gedanken lesen. Es knistert schon gewaltig zwischen ihnen, aber sie mussten vorsichtig sein, denn es war nicht erlaubt, sich gegenseitig bei der Dekoration zu helfen. Alle sollten aus eigener Kraft ihre Dekoration erschaffen. Jede halbe Stunde kam ein Prüfer herein und ging die Reihe der Schaufenster ab, um zu sehen, dass alles mit rechten Dingen zuging und wie weit die Dekorationen fortgeschritten waren. Sobald der Prüfer verschwunden war, zog es Adrian wieder ins Fenster von Julischka, die er von Minute zu Minute unwiderstehlicher fand. Ihr Motto war Frühjahrsmode, und sie hatte wirklich ein Händchen für dieses Motto. Die Stunden vergingen und es blieb nur wenig Zeit übrig bis zum Schlusspfiff der Prüfer. Plötzlich fiel es Adrian wie Schuppen von den Augen sein eigenes Fenster war nur halb fertig: „Verflixt, da hat wieder mal mein Verstand ausgesetzt", ging es ihm durch den Kopf, „sie hat mich bezirzt." Daher kam wohl auch der Ausdruck: „Sie hat mir den Kopf verdreht". Wie bekam er nun sein eigenes Fenster in einer so kurzen Zeit fertig? Sein Thema war „Fernreisen mit Lufthansa". Er hatte zwar schon Tage vorher alles vorbereitet, das Flugzeug war ausgesägt und sein Fenster hatte er neben der Arbeit für Julischka tapeziert, aber es fehlten noch die fernen Länder aus aller Welt, die er über dem Lufthansa Jet als erreichbare Traumziele aufhängen wollte. Langsam machte sich Panik bei ihm breit. Was, wenn er wegen Julischka seine Prüfung vermasseln würde? Also sucht er bei Ihr Unterstützung: „Julischka, kannst du mir jetzt auch ein wenig helfen, du bist ja fast fertig und mir läuft die Zeit davon" „Es tut mir leid, Adrian, aber ich habe noch viele Kleinigkeiten zu tun, und das ist für meine Prüfung sehr wichtig", lässt sie ihn abblitzen. „Du kleines Biest", dachte Adrian, „Ich helfe

Dir über Stunden, und wenn ich etwas Hilfe brauche, lässt du mich fallen wie eine heiße Kartoffel. Jetzt hilft nur noch ein Wunder".

Langsam musste er sich sputen und auf Touren kommen. Was war am wichtigsten? Die Bilder der fernen Länder hatte er noch nicht gemalt, und es fehlte auch der große Pfeil über dem Flugzeug, der die fernen Länder zusammenfassen sollte, sowie ein „Atomkern", ein kleiner roter Ball, dem einige dünne Drähte in Ellipsenform umkreisten, sollten die moderne Zeit der sechziger Jahre wiedergeben. Pfeil und Atomkern konnte er noch in der verbleibenden Zeit schaffen, aber die Bilder nicht. Jetzt musste gehandelt werden. Seine einzige Rettung war sein Bruder, der schon Grafiker war und in der Nähe ein kleines Studio hatte. Um die Prüfung zu schaffen, musste er jetzt etwas Unerlaubtes tun. Er schlich sich aus dem Haus der Industrie und Handelskammer und fand wenige Meter weiter eine Telefonzelle.

Hoffentlich war alles in Ordnung mit dem Fernsprecher, sonst musste er noch mal weiter laufen bis zu einer anderen Telefonzelle. Aber er hatte Glück und erreichte seinen Bruder. „Was gibt es denn so dringend, Adrian?" „Hallo Ronald ich bin mitten in der Abschlussprüfung und kann mein Fenster nicht in der verbleibenden Zeit fertig machen. Kannst Du mir ganz auf die Schnelle fünf Urlaubsziele aus fernen Ländern auf Papier in DIN A2 skizzieren? Sagen wir London, Paris, Madrid, Rom, Athen usw. Ich brauch sie in einer Stunde hier in der Industrie und Handelskammer". „Wie konnte das passieren, du warst doch gut vorbereitet?", fragte Ronald. „Ich habe einem Mädchen, das hier auch die Prüfung macht, etwas geholfen und die Zeit vergessen." „Was machst du denn für Sachen Adrian, du solltest dich auf Deine Prüfung konzentrieren und nicht mit Mädels flirten, du Dummkopf! Na ok, ist sie wenigstens hübsch? Egal, ich bin in einer Stunde vor dem Haus mit den Skizzen." Adrian fiel ein Stein vom Herzen. Er ging zurück und konnte sich unbemerkt wieder in den ersten Stock schleichen. Keiner hatte etwas bemerkt, und wenn, er war gerade mal auf der Toilette gewesen. Sein hektisches Arbeiten blieb den anderen nicht unbemerkt, und schon lästerten seine Mitschüler hinter vorgehaltener Hand: „Da wird einer nicht fertig, weil er sich bei Julischka einschleimen wollte, und nur Zeit bei ihr verbracht hat, um bei ihr zu landen. Selber Schuld!" Fast alle Fenster waren bis auf Kleinigkeiten schon fertig, nur Adrians Fenster sah noch verdammt leer aus. Nur noch eine Stunde und fünfzehn Minuten bis zur Abnahme, dass würde ziemlich knapp. Er legte jetzt richtig los, und nach einer Stunde hat er bis auf die fünf Bilder alles dekoriert. Die anderen Mitbewerber glaubten schon nicht mehr, dass er es in der Zeit schaffen würde. Sarkastische Bemerkungen statt Unterstützung, und offene Schadenfreude statt Hilfe erfuhr er in diesem Moment. Das tangierte ihn aber jetzt nicht und er dachte nur: „Euch wird das Lachen noch vergehen." Er machte sich auf den Weg, um unten auf der Strasse vor der Handelskammer auf seinen Bruder zu warten. Der war schon da, klappte das Fenster von seinem Citroen 2 CV hoch, und reichte ihm eine Rolle Papier. „Viel Glück, und vermassel es nicht!" rief er noch und fuhr davon. Adrian musste nur noch einmal ungesehen in den ersten Stock kommen, dann hätte er es geschafft. Er rannte die Treppe hoch und fühlte sich dabei wie ein Dieb. Während er sich am Lehrerzimmer vorbei schlich hörte er drinnen entspanntes Gemurmel. Die Prüfungsabnehmer bereiteten ihre Formulare vor und hatten ihn Gott sei Dank nicht bemerkt. „Na, wo warst du denn so lange?", grinst Julischka verschmitzt. „Wir haben uns schon Sorgen gemacht und dachten, du kommst vielleicht nicht wieder." Sie lachte und zwinkerte ihm zu. Peter, ein Junge, den er von der Berufsschule kannte, sagte laut: „Was ist los Julischka, halt Adrian nicht von seiner Arbeit ab, die anderen sind schon fertig mit ihren Fenstern, und dass er nicht fertig geworden ist, ist auch ein wenig deine Schuld." Julischka fühlte sich ungerecht behandelt und erwiderte: „Er hat mir aus freien Stücken geholfen, und ich habe ihn nicht dazu gezwungen." „Ich hab jetzt keine Zeit für deine dummen Sprüche", sagte Adrian und hängte in aller Eile seine fünf Bilder ins Schaufenster. Während er das letzte Bild aufhing, hatte die Prüfungskommission schon ihre Arbeit aufgenommen und begutachtete die ersten Fenster. Das war in letzter Sekunde, Adrian wischte sich die Schweißperlen vom Gesicht und war völlig geschafft. Da kam auch schon die Prüfungskommission und machte sich Notizen. „Ja das sieht doch schon sehr gut aus", meinte ein Prüfer und fügte hinzu: „Ihre Arbeit scheint doch sehr aufwendig gewesen zu sein, wenn Sie bis zur letzten Sekunde daran gearbeitet haben." „Wenn du wüsstest", dachte Adrian, und war heilfroh, dass es noch einmal glimpflich ausgegangen war. „Sie sind ja richtig ins Schwitzen gekommen. Gut gemacht, Adrian." Die Prüfer gingen dann zum nächsten Fenster. „Nur nichts anmerken lassen", dachte Adrian, und dabei fiel ihm ein Stein vom Herzen. „Da hab ich ja noch mal Glück gehabt, und alles auf den letzten Drücker gemacht zu haben, hat sich dann sogar als Vorteil erwiesen und bei den Prüfern Eindruck gemacht. Aber trotzdem möchte ich das nicht noch einmal erleben." Dies sollte Adrian eine Lehre sein, dass man sich bei wichtigen Ereignissen nicht ablenken lassen sollte, speziell nicht von einer schönen Frau, denn das kann ins Auge gehen. Die Gesellenprüfung war bestanden, und das war das Wichtigste an diesem Tag.

Langsam fiel die Spannung von ihm ab und er freute sich auf das Wochenende, welches er mit seinem Hobby als Leichtathlet, beim Sportfest auf dem Feldberg im Taunus, mit seiner Familie verbringen konnte.

2. KAPITEL

Es waren nun die letzten Tage als Lehrling bei der Firma Dreeger in Offenbach. Die Prüfung lag hinter den beiden, und es waren die letzten Tage in der Berufsschule Frankfurt. So langsam machte sich eine freudige Abschiedsstimmung breit. Norbert, ein Freund von Adrian und auch sein Arbeitskollege bei Dreeger, hatte immer einen Scherz auf den Lippen. Er war im gleichen Lehrjahr und sie kannten sich schon seit Kindertagen durch den wöchentlichen Konfirmandenunterricht. Sie verstanden sich blendend und fuhren immer gemeinsam auf einem Moped nach Frankfurt in die Berufsschule. Es war bald ihr letzter Tag als Lehrling, und nun würde ihnen niemand mehr ständig vorhalten „Lehrjahre sind keine Herrenjahre". Das hatten die beiden nun zur Genüge gehört. Sie freuten sich auf die Gesellenzeit und damit auf ein besseres Gehalt. Als Lehrlinge bekamen sie nur einen Bruchteil des Geldes, was ein Geselle verdiente, obwohl sie im letzten Lehrjahr schon die gleiche Arbeit geleistet hatten. Aber auch die menschliche Achtung vor einen jüngeren Menschen wollten sie erreichen. Sie hatten es satt, behandelt zu werden wie Leibeigene. „Stift, mach mal dies", oder „Stift, mach mal jenes", „hol mir mal die Bildzeitung", „feg die Werkstatt sauber und räum das Werkzeug weg", solche und andere erniedrigende Befehle, wollten sie nicht mehr ertragen. Herr Müller, einer der schlimmsten Gesellen, war einer derjenigen, gegen die keiner aufmucken wollte, weil er ein großer und kräftiger Mann war. Das sollte jetzt ein Ende haben, und zwar aus zwei Gründen.

Erstens :

Adrian hatte keine Angst vor diesem Tyrann, denn er war ein durchtrainierter Sportler, und er hatte es schon in der Volksschule im Judounterricht nach drei Prüfungen bis zum grünen Gürtel geschafft. Weiße

Gürtel waren damals die Anfänger, dann kam die Prüfung zu Gelb, danach Orange und dann Grün. Natürlich ging es für Spezialisten weiter mit Blau, Braun und dem Meistergürtel in Schwarz, der noch mal unterteilt war in fünf Dan Grade. Judo war der sanfte Weg, einen Angreifer aufs Kreuz zu legen. Aber davon hatte Herr Müller keine Ahnung.

Zweitens:

Die Prüfung war bestanden, und sie waren theoretisch schon im Status eines Gesellen, die sich jetzt einen gewissen Respekt verschaffen wollten, um weitere Schikanen von Herrn Müller zu vermeiden. Also rein psychologisch musste ein grober Schnitt her und ein deutliches „zur schau stellen" der veränderten Situation, die sie dann auf die gleichberechtigte Ebene der Gesellen hob.

An einem der letzten Tage kam es wie es kommen musste. Die Glasmalerei mit dem Büro des Chefs, war in einer Halle im ersten Stock des Gebäudes. Müller in seinem gewohnten Befehlston: „He Norbert, du fegst jetzt mal die Werkstatt, und Adrian, du räumst alles Werkzeug in die Schränke, aber etwas plötzlich!" Doch keiner der beiden rührte sich vom Fleck. Norbert schaut Adrian an und meint: „Was will denn dieser Nasenbär von uns?" Darauf Müller schon sichtlich verärgert: „Seid ihr taub, oder habt ihr Tomaten auf den Ohren!" Jetzt reichte es Adrian und er sagte laut und deutlich, für alle Anwesenden hörbar: „Nicht mehr in diesem Ton, Herr Müller, wir sind jetzt keine Lehrlinge mehr und für sie heißt es ab sofort auch Sie, uns gegenüber!" „Ooooh, die zwei Grünschnäbel mucken auf" Norbert schaltete sich auch wieder ein: „Ja, wir mucken auf, denn wir sind jetzt auch Gesellen und haben uns lange genug von Ihnen rumkommandieren lassen. Damit ist jetzt Schluss, machen Sie Ihre Werkstatt selber sauber", und Adrian fügte hinzu: „Wir sind jetzt beide Gesellen und lassen uns nicht mehr wie Sklaven behandeln, ist das jetzt bei Ihnen angekommen?" Plötzlich wurde es still in der Halle, und alle anderen Gesellen schauten gespannt auf die Situation. Müller stieg die Zornesröte ins Gesicht und er brüllte jetzt laut los: „Ihr macht jetzt sofort die Werkstatt sauber, sonst setzt es eine Tracht Prügel!" Er war ein kräftiger Bursche und keiner hatte es bisher gewagt, sich gegen ihn zu stellen, auch die anderen Gesellen gaben immer klein bei. Das war der Moment, auf den Adrian gewartet hatte. „Oh, jetzt hab ich aber Angst, Herr Müller, versuchen Sie es doch mal mit Prügel!" Das war zu viel für Müller und er stürzte sich auf Adrian. Der hatte schon damit gerechnet und nahm den heranstürmenden Schwung von Müller mit. Dieser flog im hohen Bogen durch die Luft und krachte auf den Boden. Die ganze Halle bebte und die vielen herumstehenden Gläser machten einen Krach, als hätte eine Explosion stattgefunden. Die Tür vom Büro des Direktors flog auf, und er und seine Sekretärin schauten in die Halle. „War das eine Bombe, oder ein Erdbeben?" Der Chef schaute fragend in die Runde und sieht Müller auf dem Rücken am Boden liegen. Adrian schaltete schnell und reichte Müller die Hand und zog ihn hoch. „Hallo Chef, Herr Müller ist nur auf einem Stück Glas ausgerutscht mit seinen neuen Lederschuhen, nicht wahr Herr Müller?" Adrian schaute ihn ernst an. Der pflichtet schnell bei und war froh, nicht komplett das Gesicht vor seinem Chef verloren zu haben. Dieser meinte noch lapidarisch: „Was ist los mit Ihnen Müller, es hörte sich an, wie ein Elefant im Porzellanladen. T tragen Sie doch in Zukunft Schuhe mit Gummisohlen." Die anderen Gesellen grinsten vor sich hin und waren froh, dass Müller endlich mal eins auf den Deckel bekommen hatte. Norbert und Adrian reichten Müller die Hand und schauten ihm direkt in die Augen. Sie hatten sich auf gleiche Augenhöhe gebracht und seinen Respekt verdient. Am nächsten Tag fuhren beide zum letzten Mal nach Frankfurt in die Berufsschule, um ihre Zeugnisse zu empfangen. Die Noten waren zufriedenstellend, ausgefallen und so fuhren sie vergnügt und mit guter

Laune wieder zurück nach Hause. Die kleine Zündapp brachte beide entlang der Main-Uferstrasse über den Kaiserleikreisel zurück in die Wasserhofstrasse nach Offenbach. Adrian war stolz auf seine Zündapp, die er erst vor Kurzem mit einem goldenen Hammerschlaglack lackiert hatte. Dieser stammte noch aus den Beständen der Firma Dreeger, die damit die beleuchteten Transparente lackierten. Norbert musste immer etwas lauter rufen, gegen den Fahrtwind, um mit Adrian zu sprechen. Er rief von hinten: „Mußt du immer noch deine ganze Kohle zu Hause abdrücken?", „Nein, wenn ich jetzt mehr verdiene bleibt auch mehr für mich übrig, und damit will ich jetzt auf mein erstes Auto sparen." „Gute Idee, ich will auch bald den Führerschein machen und dann ein Auto kaufen" rief er zurück. Sie näherten sich jetzt dem Goethe-Ring, der eine große Vorfahrtsstrasse war. Adrian bremste langsam ab, doch plötzlich schoss ein Mercedes von der gegenüberliegenden Seite über die Strasse und wurde von einem Volkswagen, der ja die Vorfahrt hatte, gerammt. Dieser drückte den Mercedes in Sekundenschnelle auf die Seite von Adrian und es krachte fürchterlich. Es waren nur Sekundenbruchteile, in denen er nicht ausweichen konnte. Beide flogen durch die Luft, und dann war es für einen kurzen Moment erst mal dunkel. Als Adrian zu sich kam, hörte er den Motor von seiner Zündapp immer noch heulen, und Norbert rief ihm aufgeregt zu: „Bleib liegen, du bist schwer verletzt, der Krankenwagen kommt gleich!" Adrian versuchte sich zu orientieren und fühlte wie ihm das Blut über sein Gesicht lief. Die Motorradbrille war zersprungen und hatte ihm die Augenbraue aufgeschlitzt; der Helm hatte ihn vor einer Kopfverletzung bewahrt. Warum sollte er liegen bleiben, er fühlte keinen Schmerz. Das bißchen Blut im Gesicht war nicht so schlimm, denn er konnte noch sehen, also war das Auge ok. Auch Norbert hatte einige Schürfwunden und Prellungen am Knie, er schaute mit schmerzverzerrten Gesicht auf Adrians

Bein. „Dieser verdammte Schlappekicker, dieser Dummbeutel hat die
Vorfahrt nicht beachtet und uns über den Haufen gefahren." Adrian fragt:
„Was ist los, was ist das da, ein Metallsplitter oder ein Stück Blech in meiner
Hose?" Norbert entsetzt: „Nein, es ist ein Stück Knochen was da aus der
Hose ragt, verdammte Scheiße!" Norbert ist durch den Wind. Jetzt erst
realisierte Adrian das ganze Ausmaß des Unfalls. So langsam spürte er auch
Schmerzen an verschiedenen Stellen, doch was ihn am meisten beunruhigte
war ein Kribbeln an den Unterschenkeln, welches sich langsam noch oben
bewegte. Alles, was unterhalb des Kribbelns lag, war einfach nicht mehr da,
es schien wie abgestorben. „Hoffentlich werde ich nicht querschnittsgelähmt,
oder ist das schon der kommende Tot? Sollte es das schon gewesen sein,
dann war es ein verdammt kurzes Leben", dachte er noch, und dann hörte er
die Sirenen des Krankenwagens und der Polizei. Doch plötzlich sah er vor
seinem geistigen Auge einen dreidimensionalen Film seines Lebens ablaufen.
So real und so deutlich wie die Wirklichkeit. Sein erstes Wehwehchen als
kleines Kind an einem Fluss, als er in eine Glasscherbe trat. Dann ein
merkwürdiges Ereignis, als er im Elternhaus eine neblige Gestalt ohne Beine
schweben sah. Er durchschaute nun auch die Geschichte von Tante Olga,
die man ihm als kleines Kind erzählt hatte. Die Reise nach Berlin, die
Trennung von seiner Familie und die Flucht in den Westen, wo sich alle im
Flüchtlingslager wiedergefunden hatten. Eine Welt brach für ihn zusammen,
als er feststellte, es gab keine Tante Olga in Berlin, die auf sie gewartet hatte,
und er würde seine geliebte Heimat nie mehr wiedersehen. In diesen Tagen
lebte er eingepfercht mit seinen vier Brüdern und seinen Eltern in einem
Raum im Flüchtlingslager von West-Berlin. Das Lagerleben war nur schwer
zu ertragen, und er hörte seine Mutter öfters weinen. Dann ging er hinaus
um mit anderen Kindern zu spielen und sich der traurigen Gegenwart zu
entziehen. Da waren zwar viele zerstörte Häuser, eine Menge Ruinen und

ein Müllplatz in der Nähe, aber man konnte dort noch einige brauchbare Dinge zum Spielen finden. Dann sprang der Film plötzlich nach Blumberg in den Schwarzwald, wo Adrian das erste Mal zur Schule ging. Dort lernte er, dass er als Flüchtlingskind nicht willkommen war und man ihn wegen seines Dialektes verspottete. Selbst der Lehrer der ersten Klasse schlug mit dem Rohrstock auf die kleinen Kinderhände von Adrian ein, so dass er mit geschwollenen Fingern kaum auf der Schiefertafel schreiben konnte. Als sein Vater es bemerkte, wurde er in der Schule vorstellig, und als durchtrainierter Sportler machte er dort allen klar, dass so etwas nicht wieder vorkommen durfte. Dann war auch Ewald wieder da, sein erster Freund in der Schule, der ihn nicht hänselte und zu dem er sich hingezogen fühlte. Er hatte ein kleines Merkmal von Geburt an, sein rechtes Auge war etwas kleiner als das linke, und das machte beide zu Außenseitern. Es war auch der erste sonnige und warme Sommer, an den er sich erinnern konnte. Sie wohnten in einem kleinen alten Doppelhaus direkt am Waldrand und er und Ewald spielten gerne in diesem Wald wo man auch allerlei Tiere beobachten konnte. Dann ein weiterer Sprung zum Umzug nach Offenbach am Main, wo der Vater eine gute Stelle als Wäschereileiter im Stadtkrankenhaus bekam. Er musste seinen Freund und seine geliebte Katze in Blumberg lassen. Er sah noch, wie sie am Straßenrand saß ihnen nachschaute und immer kleiner wurde, als sich der Lastwagen mit ihm und den Möbeln auf den Weg nach Hessen machte. Damals liefen ihm Tränen über das Gesicht, und sein Herz wurde schwer. Wieder kam es ihm wie eine Flucht vor, wieder eine neue Umgebung, wieder eine neue Schule, neue Menschen. Dabei hatte er sich gerade an den schönen Schwarzwald gewöhnt, an die Wutachschlucht wo er mit seinen Brüdern wandern ging, und an seine Katze, die er sehr gerne hatte. Dann waren da die ersten Jahre in der Humboldtschule in Offenbach mit all seinen Klassenkameraden bis hin zu seiner Lehre bei Dreeger. Das alles musste wohl in einem Bruchteil einer Sekunde an ihm vorübergezogen sein, sein ganzes bisheriges Leben, wie in einem dreidimensionalen Film in Farbe. Wie war das möglich? Waren es Halluzinationen, die durch den Unfall verursacht wurden?

Plötzlich hörte er eine vertraute Stimme. „He Adrian, was machst du denn für Sachen?" Es war sein Bruder Thomas, der bei der örtlichen Polizei war und sofort an die Unfallstelle geeilt war. „Ich hatte einen kleinen Unfall Thomas, war nicht meine Schuld." Adrian versuchte sich etwas aufzurichten, denn die Gegenwart seines Bruders gab ihm wieder Hoffnung. Doch der sagte nur ruhig: „Bleib ruhig liegen und nicht viel bewegen, der Krankenwagen wird dich jetzt ins Krankenhaus fahren und ich komme später nach ok?" Der Sanitäter gab ihm eine Spritze und er fiel in eine Art Dämmerzustand. Sein blutverschmiertes Gesicht war etwas gereinigt worden und der Schnitt an der Augenbraue war notdürftig verbunden. Das war auch das kleinste Übel und war ihm im Moment völlig egal, die Hauptsache war, sie bekämen sein Bein wieder hin. Danach kann er sich an nichts mehr erinnern.

Als er wieder zu sich kam, befand er sich im Krankenhaus und sein Bein lag erhöht auf einem Gestell. Flaschen hingen über ihm und von dort kamen kleine Schläuche herunter, die in seinen Arm endeten. Die Schmerzen machten sich jetzt stärker bemerkbar, und er bekam eine Spritze, um diese zu reduzieren. Am Unfallort hatte er kaum etwas gespürt, und war etwas konfus in der Wahrnehmung, doch jetzt schossen ihm viele Fragen durch den Kopf. „Wie schlimm ist meine Verletzung? Wie weit kann man mein Bein wieder herstellen?" Ist meine Laufbahn als Sportler zu Ende?" Doch bevor er noch weiteren Gedanken nachhängen konnte, schob man ihn in den Operationssaal und er bekam eine Narkose für die Notoperation.

Als er aus der Narkose erwachte, lag er in einem Krankenzimmer, und alles war weiß um ihn herum. Weiße Wände, weiße Decken, weiße Betten, weißes Bettzeug, weißes Nachthemd und weiße Handtücher. Es wirkte auf ihn surreal, als erwachte er in einem Traum, doch bald bemerkte er, es war Realität. Sein linkes Bein lag unter einem länglichen Drahtgestell, ähnlich einem kleinem Zelt, damit die Zudecke nicht auf seinem Bein liegen konnte. Im Zelt lag das Bein unbedeckt und hatte Schläuche die aus der Wunde kamen. „Das sieht gar nicht gut aus, wie ist es wohl meinem Freund Norbert ergangen, hat er den Unfall gut überstanden?" dachte er und wollte sich sein Bein etwas genauer anschauen. Doch da kam auch schon eine Schwester und ein Pfleger im weißen Kittel herein und der Pfleger meinte: „Das ist schon alles in Ordnung so, die Schläuche sind für das Wundwasser, das ja irgendwie ablaufen muss, und die müssen auch längere Zeit dort bleiben. Ich werde Ihnen aber noch etwas an ihrer Ferse anbringen müssen, okay" Er packte etwas aus seinem Koffer, und Adrian dachte noch, „Dass kann ja nicht für mich sein, es sieht ja aus wie ein Schlagbolzen." Falsch gedacht! Der Pfleger setzt einen stricknadellangen Edelstahlnagel in das Gerät, danach wischt er die Ferse von beiden Seiten mit Alkohol ab und spannt die Ferse in eine Art Schraubstock. Ohne Warnung, PENG!, schießt er den Nagel durch die Ferse. „Auuuuh... sind sie wahnsinnig?!" Adrian brüllte den Pfleger an. Der antwortete nur trocken: „Schon passiert, Sie haben das tapfer überstanden. Jetzt hängen wir nur noch ein paar Gewichte an den Stahlstift, das hilft dann Ihr Bein in einer gestreckten, richtigen Position zu halten" Er befestigt eine Art Hufeisen aus Edelstahl an beiden Seiten der Ferse, und daran ist ein Stahlkabel befestigt, an dessen Ende ein Gewicht hängt, welches genau berechnet wurde. Über einen Metall Galgen zieht das Seil permanent am Bein, damit es richtig und in Ruhe verheilen konnte. „Wir sehen uns dann in einigen Wochen wieder, wenn Sie den Gips für Ihr Bein bekommen, bis dann." Er packte seinen Koffer und verließ das Zimmer. Kaum war er fort, kam eine Krankenschwester ins Zimmer und fragte: „Wie geht es Ihnen ? Wenn Sie Schmerzen haben, sagen Sie bitte Bescheid, dann komme ich und gebe Ihnen eine Spritze." „Soll das ein Witz sein?" dachte Adrian und laut sagte er: „Wären sie mal ein paar Minuten früher gekommen, da hätte ich Sie gebrauchen können, jetzt geht es einigermaßen", murmelte er mürrisch vor sich hin. Doch bald danach musste er nach ihr klingeln, und sie gab ihm die versprochene Spritze. Kurz danach geht die Tür auf und eine Person in Polizei-Uniform kam herein. Es war sein Bruder Thomas der sich nach ihm erkundigen wollte. „Hallo Adrian, mein Guter, wie geht es dir, hast du alles gut überstanden?" „Na so, la, la, man hat mir noch nicht gesagt, wie schlimm die Verletzung ist und was für Schäden bleiben." „Keine Angst, ich spreche noch mit dem Oberarzt und erkundige mich genau, nachher kommen auch Mutti und Papa um nach dir zu schauen, ich wünsch dir gute Besserung und bis später" Thomas machte sich wieder auf den Weg denn er war noch im Dienst. Leider musste sich Adrian noch einer Knochenverpflanzung unterziehen, weil die Beschädigung am Knochen doch zu groß war. Die andere Alternative wäre eine Amputation gewesen. Doch diese zweite Operation verlief erfolgversprechend und er wurde danach in ein spezielles Krankenzimmer gebracht.

Adrian schaute sich in seinem neuen Zimmer um und bemerkte, das Bett neben ihm war leer. Als die Schwester nach ihm schaute, fragte er: „Bin ich hier ganz allein oder kommt da noch jemand?" „Im Moment sind Sie allein, aber das kann sich sehr schnell ändern, also innerhalb von Minuten. Wenn es Ihnen langweilig wird, bringe ich Ihnen gerne ein Brettspiel." Sie verließ das Zimmer und Adrian war mit seinen Gedanken allein. Kein Radio, kein Buch, nichts mit dem man sich hätte die Zeit vertreiben können. Seine Gedanken gingen zurück an den Unfallort. Wie konnte das passieren? Ach ja, dieser schwarze Mercedes schoss über die Vorfahrtstrasse, und -peng- war es passiert. „Dieses verdammte Arschloch", regte er sich innerlich auf, „dem sag ich noch mal die Meinung!" „Hatte der keine Augen im Kopf?, wegen diesem Trottel lieg ich nun hier, bin ramponiert und kann kein Geld verdienen und keinen Sport treiben, und niemand weiss, was es für Auswirkungen in der Zukunft haben wird."

Die Schwester kam wieder herein und brachte ein Brettspiel (Dame, Mühle, Schach) mit. „Wie soll das denn gehen, da braucht man doch mindestens einen Partner, eine zweite Person, und Sie haben sicher auch keine Zeit, oder?" „Leider bin ich im Dienst, aber wir finden schon einen Weg. Im Nachbarzimmer liegt ein junger Mann in Ihrem Alter, der hatte auch einen Unfall, und am gleichen linken Bein wie Sie, dem sag ich Bescheid, dass er mit Ihnen eine Runde spielt." Adrian hatte noch eine andere Frage, die ihn beschäftigte, die ihm aber etwas unangenehm ist. Er fragte die Schwester: „Wenn ich mal auf die Toilette muss, wie geht das mit dem Streckverband, dem Galgen und den Gewichten, die da am Fuß hängen?" Sie lächelte ihn an und sagte: „Kein Problem, Sie müssen sich in den nächsten Wochen mit einer Bettpfanne und einer Urinflasche begnügen." „Ach du lieber Himmel, das ganze Geschäft hier im Bett und im Liegen, wie soll das denn gehen?" „Glauben Sie mir, das geht recht gut, wir haben noch viele Patienten, die das täglich machen müssen. Wenn Sie fertig sind, drücken Sie bitte den Knopf und eine Schwester holt es dann ab." Sie zupfte sich ihre weiße Schürze zurecht, warf ihm noch ein mitleidiges lächeln zu, und verließ das Zimmer. Die Tage vergingen und anfangs brauchte er doch noch einige Spritzen gegen die Schmerzen im Bein. Langsam gewöhnte er sich an den täglichen Rhythmus und vertrieb sich die Zeit mit Schach spielen gegen sich selbst. Weiß begann, und dann drehte er das Spiel herum und Schwarz machte den nächsten Zug. So ging das ständig weiter, und es war schon spannend seine eigenen Gedankengänge zu hinterfragen und zu attackieren. Jedes Mal den Gegner, den man ja gut kennt, versuchen zu überlisten. Ein Spiel gegen sich selbst.

Ein paar Tage später, gegen Vormittag, ging die Tür auf und ein junger Mann auf Krücken humpelt herein. Er bleibt einen Moment lang an der Tür stehen und schaute Adrian etwas skeptisch an. Wahrscheinlich dachte er: „Was ist das denn für ein komischer Kauz, spielt gegen sich selbst Schach." Doch laut sagte er: „Hallo, ich bin der Robert vom Nebenzimmer. Was machst du denn da ?" „Nach was sieht es denn aus? Hey, ich bin Adrian, und spiele gerade eine Schachpartie gegen mich selbst." „Aha, sieht aber schon seltsam aus ohne Partner. Was hältst du davon, wenn wir mal ein Spiel zusammen machen?" „Ja super, setz dich neben mich, das Bett ist noch frei." Robert legte sein Bein auf das freie Bett, und sie platzierten den Nachttisch zwischen ihre beiden Betten. Damit begann eine neue Schachpartie, und eine neue Freundschaft.

Nachdem sie die Stationsschwester um Erlaubnis gefragt hatten, durfte Robert am nächsten Tag zu Adrian ins Zimmer umziehen. Darüber waren beide sehr froh, denn nun hatten sie Gesellschaft und konnten ihre Unfallgeschichten austauschen. Sie hatten viele Gemeinsamkeiten und fanden sich gegenseitig recht sympathisch. Nach wenigen Tagen waren sie gute Freunde geworden.

Mit einem Leidensgefährten im Zimmer wurde der öde Aufenthalt im Krankenhaus doch etwas freundlicher. Sie machten natürlich auch viel Blödsinn zusammen. Zum Beispiel war es streng untersagt, im Zimmer zu rauchen. Robert ignorierte das Verbot, und wenn niemand im Zimmer war öffnete er das Fenster und blies den Rauch nach draußen. Die Krankenschwestern und speziell die Stationsschwester, sollten das aber unterbinden. Manchmal kam sie ins Zimmer und fragte: „Wer hat hier

geraucht?" Aber Robert zuckte nur mit den Achseln und meinte mit einer
Unschuldsmiene: „Muss wohl ein Besucher gewesen sein." Gegen Abend,
wenn es im Zimmer stockdunkel war, öffnete Robert das Fenster und steckte
sich eine Zigarette an, und dann flüsterte er: „He, Adrian, schau mal her, was
ist das?" Er fuchtelte mit der Zigarette in der Dunkelheit herum, und es sah
spektakulär aus, denn die Glut malte in die Dunkelheit wie von Zauberhand
die schönsten Figuren. Wenn eine Figur erraten war, wechselte die Zigarette
vom einen zum anderen. Wenn eine Figur nicht erraten wurde, konnte
derjenige weitermachen und Punkte sammeln. Sie lachten sich schief über die
falschen Antworten. In regelmäßigen Abständen kam die Nachtschwester
ins Zimmer, und oft ließ sie verlauten: „He ihr zwei, hier riecht es schon
wieder nach Rauch. Wer von Euch beiden hat geraucht?" Sie untersuchte,
die Nachtschränkchen. kaonnte aber nichts finden. „Das lasst ihr mal schön
sein, sonst gibt es eine Abmahnung", sagt sie streng und verschwand aus dem
Zimmer. Kaum hatte sie den Raum verlassen, öffnete Robert das Fenster
und holte die Zigaretten aus dem Versteck. Die Außenmauern hatten einen
kleinen Sims in der Höhe der Fenster, und da hatte er sie immer versteckt.
„Jetzt wo frische Luft im Zimmer ist, können wir auch noch eine rauchen
oder?" Obwohl Adrian Nichtraucher war, ließ er sich aus Langeweile darauf
ein.

Einige Tage später, es war schon Nacht und beide schliefen, öffnete sich
langsam die Tür und ein weißer Kittel kam hereingeschwebt. Im Dunkel sah
man nicht die Füße und der Kopf war mit weißen Binden bandagiert. Es sah
aus, als ob eine Mumie die ins Zimmer schwebte und war ein gruseliger
Anblick. Robert rüttelte am Bett von Adrian. „Schau mal da an die Tür, was
ist denn das für ein Gespenst?" Die Gestalt schwebte langsam näher an die
Betten heran, Darauf zischte Adrian ins Zimmer: „He du, was machst du
hier, hast du dich verlaufen?" „Neee", kommt eine dünne Stimme aus dem

weißen Kittel. „Ich wollte mal fragen, ob ihr ne Lusche für mich habt?"
„Mann, hast du uns Angst eingejagt" rief Robert, „Was denn für eine Lusche?"
„Na, einen Glimmstängel, ne Zigarette." „Ach so, sag das doch gleich!"
Robert reicht ihm seine Packung. „Was ist dir denn passiert?" „Ich hatte einen
Motorradunfall und einen Schädelbasisbruch" Adrian meinte: „Willkommen
im Club, wir beide hatten auch einen Unfall mit einem Zweirad, du hast
vielleicht Nerven, mit Deinem badagierten Turban hast du uns schön
erschreckt, wie heißt du denn?", „Ihr könnt Rolf zu mir sagen." Er gab Robert
die Packung zurück. „Hast du mir wenigstens noch welche drinnen gelassen",
sagt der sarkastisch. Rolf grinste ein wenig und hatte sich noch ein paar
Luschen eingesteckt, dann verschwindet in der Dunkelheit.

Am nächsten Tag hörte man wieder die Sirenen der Krankenwagen, und es
kamen wieder neue Patient auf die Station. Einer hatte schwere
Verbrennungen erlitten bei einem Brand in seiner Fabrik. Die Schwester
sagte, es stehe nicht gut um ihn. Seine Chancen wären 50 zu 50, dass er
durchkommen würde. „Schöne Scheiße, da sind wir ja noch gut dran oder?"
ließ Robert von sich hören. „Da kannst du Recht haben, das arme Schwein
tut mir wirklich Leid, hoffentlich kommt er durch." Nach der täglichen Visite
und dem Abendessen kehrte wieder Ruhe ein. Als es langsam dunkel wurde,
hörten sie plötzlich einen markerschütternden Schrei durch den Flur hallen.
Man hörte die schnellen Schritte der Schwestern, und dannach wurde der
Schrei wieder leiser. Der Mann mit den Verbrennungen war aus dem Koma
erwacht und hatte vor Schmerz losgebrüllt. Nach einer Spritze,
möglicherweise Morphium, wurde es wieder still. Kurze Zeit später öffnete
sich die Tür, und das Nachtgespenst kam wieder hereingeschlürft. „Hallo
Jungens, habt ihr das gehört? Das ging mir durch Mark und Bein, habt ihr
noch mal ne Lusche für mich?" Robert zu Rolf: „Na klar, aber wann kaufst du
dir endlich deine eigenen Zigaretten, Du Schnorrer?" „Sobald mein Besuch

kommt, habe ich meine eigenen." Nach ein paar Tagen wurde das Brandopfer in eine Spezial-Abteilung verlegt. Langsam kehrte wieder etwas Ruhe auf der Station ein, und Robert meinte: „Gott sei Dank. Ich war schon fix und fertig mit den Nerven, jetzt können wir hoffentlich wieder durchschlafen."

Einige Wochen später, Adrian hatte nun ein schönes Gipsbein, da war auch Robert immer noch da. Er musste sich einer Hautverpflanzung unterziehen, weil die große Fläche am Unterschenkel nicht zusammenwachsen wollte. Das verlängerte seinen Aufenthalt um weitere Wochen. Nun waren beide auf Krücken unterwegs und machten die Gänge im Krankenhaus unsicher. Sie würden gerne mal das Krankenhaus verlassen, nach monatelanger „Inhaftierung", aber das war streng untersagt. Wie es so ihre Art ist, halten sie sich nicht an Verbote und schmiedeten einen Plan, um das Krankenhaus heimlich zu verlassen. Sie mussten irgendwie unbemerkt am Pförtner vorbei und durch die Eingangstüren entwischen, aber auch wieder zurück, zu einem Zeitpunkt an dem es nicht auffiel. Es kamen ja täglich Besucher und Patienten zur Nachuntersuchung und gingen am Pförtner vorbei. Das war die Schwachstelle die sie ausnutzen wollten. Gesagt, getan, und an einem Samstagmittag, als die Besucherzahl recht hoch war und viele Besucher in das Krankenhaus gingen, wollten sie es probieren. Sie tauschten ihre Schlafanzüge gegen ihre zivile Kleidung und marschierten mit einem Schwung Besucher aus dem verhassten Stadtkrankenhaus. Nachdem sie sich etwas entfernt hatten, jubeln sie los: „Haha wir haben es geschafft, wir sind frei", rief Robert, „endlich mal das vergitterte Krankenzimmer verlassen und sich frei bewegen können!" „Und endlich mal den sterilen Mief vergessen und nach langer Zeit wieder frische Luft atmen", rief ihm Adrian zurück. Es kam beiden so vor, als ob sie gerade aus einer Strafanstalt ausgebrochen wären. Sie gingen mit ihren Krücken hintereinander wie im Gänsemarsch, beide das

Linke Bein nach vorne gestreckt, die Kaiserstrasse hinunter zur Stadtmitte. Dort wollten sie eine Nachmittagsvorstellung im Kino besuchen, was für sie eine willkommene Abwechslung war. Aber zuerst wollten sie in einer Kneipe einen Imbiss und ein Bierchen zu sich nehmen. Leider hatten die meisten Kneipen noch geschlossen, und so wurde es ein Besuch im Cafe. Endlich ein vernünftiger Kaffee und nicht so einen Muckefuck wie im Krankenhaus und dazu ein wunderschönes Stück Sahnetorte. Das war ein großes Vergnügen nach langer Abstinenz. Um rechtzeitig wieder zurück zu sein, nahmen sie die erste Kinovorstellung, egal was gespielt wurde. Die Eintrittskartenverkäuferin hatte Mitleid mit den beiden, und sie bekamen einen Sonderplatz, wo sie beide ihr Bein hochlegen konnten. Nach der Vorstellung waren sie rundum zufrieden, denn es war seit langer Zeit ein gelungener Tag ohne das langweilige Krankenhaus.

Zurück in demselben zogen sich die Tage und Wochen zäh dahin, und dabei bekamen sie einen Eindruck von ihren „wahren Freunden im Leben". Kaum ein Arbeitskollege oder einer der „guten" Freunde ließen sich zur Besuchszeit bei ihnen blicken. Manchmal war es deprimierend und frustrierend das Krankenzimmer zu ertragen. Der einzige Lichtblick; die Familie kommt regelmäßig zu Besuch.

Eines Tages, es war wieder Besuchszeit, ging die Tür auf und ein junger attraktiver Mann kommt herein mit Helm unter dem Arm. „Hallo, bin ich hier richtig bei den Motorradunfällen?" Robert schaute verdutzt zu Adrian hinüber: „Meint der uns, ich kenne den nicht, ist der von einer Versicherung?" Adrian schaute den Fremden an und sagte: „Ich kenne Sie leider auch nicht, Sie haben sich sicher im Zimmer geirrt, es gibt mehrere Motorradunfälle hier im Haus." Der junge Mann grinste hämisch und fügte hinzu: „Nö Jungens, ich hab mich nicht in der Tür geirrt. Habt ihr mal ne Lusche für mich?" „Ach du heilige Scheiße, unser Nachtgespenst Rolf ist wieder da!" rief Robert. „Du bist ja wahnsinnig, kaum aus dem Krankenhaus und schon wieder mit dem Motorrad unterwegs" Adrian freute sich auch über den Besucher und meinte: „Schön, dass du mal bei uns vorbeischaust. Was fährst du denn für eine Maschine?" Rolf antwortete trocken: „Eine BMW, Ihr wisst ja, einmal Motorrad, immer Motorrad, ich wünsch Euch gute Besserung, und bis bald" Er warf eine Schachtel Zigaretten auf den Tisch, und weg war er.

Im Mai hatte Adrian Geburtstag, und er bekam einen Strauß dunkelrote Rosen. Auf der Karte stand „Für Adrian, von Deiner Fortuna." „Von wem sind die Rosen?" fragte er die Schwester. „Die wurden vorhin von einem Kurier abgegeben, leider ohne Absender." „War denn da kein Name, oder der Blumenservice dabei?" „Es tut mir leid, aber kein Name, es wird sich schon irgendwie aufklären." Danach verließ sie das Zimmer. Leider hatte Adrian nie herausgefunden, wer ihm diesen schönen Straus geschickt hatte. Selbst nach Jahrzehnten nicht zu wissen wer damals an ihn gedacht und sich um ihn gesorgt hatte, beschäftigt ihn heute noch.

Was ihn damals auch genervt hatte, war der ständige Juckreiz unter dem Gipsverband. Da musste dann auch mal ein Drahtkleiderbügel herhalten, um sich Erleichterung zu verschaffen. Nachdem er wochenlang mit seinem Gipsbein leben musste, freute er sich auf den Tag, an dem man diesen wieder entfernen würde. Dann war der Tag endlich da, und Adrian dachte: „Na wunderbar, endlich die Befreiung!" Der Pfleger kam am Vormittag ins Zimmer und begrüßte beide: „Hallo meine Herren, mein Name ist Hoffmann, und ich befreie Sie heute von Ihren lästigen Gipsbeinen!" Moment mal dachte Adrian, „den kenn ich doch, der hat mir doch vor längerer Zeit den Stahlstift durch die Ferse geschossen?" Der Pfleger packte wieder seinen Koffer aus und zum Vorschein kommt eine winzige Kreissäge. „Halt Stopp, Herr Hoffmann, das ist doch wohl nicht Ihr Ernst?" „Keine

Sorge, dass ist eine Routinearbeit, dass mache ich schon einige Jahre, und das Sägeblatt dreht sich nicht, sondern schwingt nur hin und her. Außerdem kann es nur 5 bis 6 Millimeter tief schneiden." Er setzt das kleine Sägeblatt an, und das Surren des Elektromotors hört sich an wie beim Zahnarzt. Der weiße Staub wirbelt in kleinen Nebelschwaden durch das Zimmer, und dann ist er durch den Gips durch und trifft auf die Haut. „Auaaah! Sind Sie von allen Geistern verlassen, das brennt ja wie Sau!" „Nun stellen Sie sich nicht so an, das ist noch harmlos. Wenn erst mal der Gymnastik-Drachen Frau Van der Vart kommt, und Ihnen die Krankengymnastik verpasst, dann kann das noch wesentlich schmerzhafter werden." Er lachte, und Adrian verstand nur Bahnhof. Die Krankengymnastik soll noch schmerzhafter sein denkt er? „Das ist doch nur ein schlechter Witz, oder?" „Kein Witz, ich kenn das aus Erfahrung, Sie werden sich noch wundern." Er lacht und beendete seine Arbeit mit einem Metallhebel, der den Gips auseinander bricht und endlich das Bein freilegt. „Schauen Sie mal hier, man sieht deutlich die Spuren, die Ihre Maschine auf der Haut hinterlassen hat." Jammert Adrian noch ein wenig. „Wo gehobelt wird, da fallen Späne." Hoffmann packte seinen Koffer zusammen, und auch die Gipsschalen, und verabschiedete sich. Adrian versuchte sein Bein ein wenig zu bewegen, aber da ging gar nichts mehr. „He Robert, so ein Mist, es lässt sich nicht mehr bewegen." „Ja, das hab ich auch schon öfter gehört, nach einer gewissen Zeit sind die Gelenke steif." Adrian war entsetzt. „Das darf doch nicht wahr sein." „Doch, doch, aber dafür kommt ja morgen der Drachen Van der Vart und macht Übungen mit dir, damit es wieder beweglich wird." „Auf diese Physiotherapeutin bin ich ja mal gespannt! Mein ganzes Bein ist abgemagert und steif wie ein Brett." Robert grinste hämisch und sagte: „Apropos hart wie ein Brett, hart ist der Schwanz der Bisamratte, doch härter ist die Morgenlatte." Er kicherte vor sich hin und Adrian versuchte noch einmal sein Bein zu bewegen. „Heiliger Strohsack,

das tut ja höllisch weh, da vergeht einem der Gedanke an eine Morgenlatte."
Doch Robert sagt: „Übrigens, was die Morgenlatte betrifft, die vermiss ich
auch schon länger. Ich hab gehört, dass die uns etwas ins Essen mischen,
damit wir keine Erektion bekommen, und keine Lust auf Sex haben, ist das
möglich?" „Kann sein, wir können ja mal unsere Schwestern fragen, hi hi."
Auch Adrian war wieder guter Laune, und so blödelten sie noch stundenlang
herum.

Am nächsten Morgen kam eine neue Schwester herein. Sie war
außergewöhnlich hübsch, groß gewachsen und schlank, blond und hatte
sicher die Modelmaße 90-60-90, also einen Traumkörper. Sie könnte gut und
gern ein Model für Bademoden, oder besser noch, für Dessous sein. Adrian
dachte noch: „Lass es bitte unsere neue Schwester sein", und Robert dachte:
„Was für ein Bild von einer Frau." Beide starrten sie eine Weile an und waren
wie hypnotisiert. Sie hatte sehr lange Beine, einen knackigen Hintern, und
ihr Busen schien aus dem Kittel springen zu wollen. Ihr Gesicht war
gleichmäßig mit großen blauen Augen, und ihr blondes Haar hatte sie
hochgesteckt. „Guten Morgen meine Herren, mein Name ist Van der Vart,
ich bin Ihre Physiotherapeutin, und wir beginnen heute mit der Reha." „Ach
du heilige Scheiße, der Drachen Van der Vart", schoss es beiden durch den
Kopf. Sie sagte freundlich: „Wir fangen heute ganz langsam an und steigern
die Therapie in den nächsten Tagen Stück für Stück, in Ordnung?" „Ja, ja, sie
können kommen, wann immer sie wollen und zu jeder Zeit", stammelte
Adrian unbeholfen vor sich hin, und Robert meinte: „Sie können auch
zweimal am Tag kommen, wenn sie wollen." Sie schaute beide etwas zynisch
an, und mit einem Lächeln sagte sie zu Adrian: „Sie sind ja als erster dran,
bitte legen sie sich auf den Bauch." Er kam ihrer Aufforderung schnell nach,
und dann ging es los. Sie drückte ihre linke Hand in die Kniekehle und mit

der rechten Hand hielt sie das Fußgelenk fest. Dann zieht sie den Unterschenkel langsam nach oben, bis es ein wenig knirscht. Der Schmerz war fast unerträglich und schoss vom Kniegelenk bis in die Haarspitzen. Aber wer will schon vor einer so schönen Frau rumjammern, also biß er die Zähne zusammen. Doch der Schweiß stand ihm schon auf der Stirn. Am Ende der Behandlung entkam ihm doch noch ein zähneknirschendes Stöhnen, und er war heil froh, als es endlich vorbei war. „Das war doch schon sehr schön für den Anfang", sagte sie mit einem breiten Lächeln und ihre wunderschönen Zähne blitzten auf. „Also, bis Morgen um die gleiche Zeit, tschüß." Jetzt wusste Adrian, warum man sie den Drachen nannte und fürchten musste. Sie war wie ein Wesen aus einer anderen Welt, liebenswürdig, aber auch wie ein Folterknecht.

„He Adrian, ist Dir bei der Behandlung einer abgegangen? Du hast ja sooo laut gestöhnt." „Ne, ne mein lieber Robert, das war wirklich wegen der Schmerzen und das wirst Du auch noch zu spüren bekommen." „Erzähl keinen Scheiß, du Jammerlappen, ich freu mich schon, wenn ich an die Reihe komme." Robert war noch hin und weg von der wunderschönen Erscheinung. Doch Adrian dachte nur: „Warte nur ab, bis sie Dich in die Finger bekommt, dann wirst du das blaue Wunder erleben."

Am nächsten Morgen warteten beide fieberhaft auf ihre Therapeutin. Sie war eine selbstbewusste, reife Frau, und ein paar Jahre älter als die beiden Grünschnäbel, aber das machte sie natürlich noch reizvoller. Robert meinte: „Die ist doch mindestens 26 oder 27 Jahre alt und steht so richtig voll im Saft. Ein Traum von Frau, so richtig super sexy oder?" Adrian mochte ihm seine Träume nicht zerstören und antwortete nur lapidar: „Ja trotzdem, die kann aber auch zum Alptraum werden, du kennst ja ihren Ruf als Drachen und das wirst du heute auch noch spüren" Dann kam auch schon ihr sehnsüchtig erwarteter Alptraum ins Zimmer. „Guten Morgen meine Herren, heute ist der andere Herr an der Reihe." Robert war schon etwas übermütig und sagte: „Ich bin schon ganz wild darauf Ihre Bekanntschaft zu machen und Ihre schönen Hände zu spüren." Dabei schaute er sie mit einem verschmitzten Lächeln an. Sie erkannte seine kleine Anmache, und Adrian sah bei ihr ein leichtes dämonisches Lächeln und dachte noch: „Oh ha, das wird er noch bereuen." Sie sagte in einem freundlichen Ton: „Bitte auf den Bauch legen, und versuchen Sie sich zu entspannen." Sie legte ihre starken Hände auf sein Kniegelenk und begann mit leichten Bewegungen. Dann verstärkte sie den Druck, und man hörte Robert aufheulen: „Aufhören, aaaahh, oooohh, aufhören!" Er versuchte sich am Haltegriff des Betts aus der Gewalt ihrer Hände zu befreien, aber schnell wie eine Katze und sprang Sie auf sein Hinterteil damit er nicht entkommen konnte. Adrian sah Roberts entsetztes Gesicht und konnte sich ein kleines lächeln nicht verkneifen. „Schadenfreude ist die schönste Freude, was Adrian!" rief er mit rotem Kopf. „Ich hab dir ja gesagt, es geht nicht ohne Schmerzen, und du wolltest es nicht glauben." Dann war auch Adrian an der Reihe, und auch bei ihm ging es nicht ohne ein schmerzverzerrtes Gesicht. Als sie den Raum verließ, waren beide froh, dass sie endlich weg war. Jetzt wußten sie auch, warum der Pfleger vom „Drachen Van der Vart" gesprochen hatte. Nach einer längeren Erholungspause sagte Robert: „Trotzdem, die würde ich gerne mal vernaschen." Darauf Adrian: „ Sie ist viel intelligenter, älter und reifer als wir und würde sich wahrscheinlich nicht mit zwei unreifen grünen Jungs abgeben. Aber von der Bettkante würde ich sie auch nicht stoßen." Robert grinst etwas sarkastisch und sagt: „Auf einem alten Gaul lernt man am besten reiten." „Oh, das ist aber gemein, das hat sie nicht wirklich nicht verdient. Das ist ein blöder Spruch", nahm Adrian seine Therapeutin in Schutz, dabei denkt er: „Na ja, der Gedanke mit so einer tollen Frau mal in den Nahkampf zu gehen, der hat schon etwas Verführerisches." Es würde wohl immer ein unerfüllter Traum bleiben.

Nach einigen Wochen schmerzvoller physiotherapeutischer Behandlung, wurde erst Robert, und dann auch Adrian aus dem Krankenhaus entlassen. Sie waren zwar noch nicht völlig wieder fitt und würden wohl einige lebenslange Narben behalten, aber sie machten gute Fortschritte. Sie trafen sich ab und zu nach der Entlassung, und redeten über ihre vergangenen Monate im Krankenhaus, und sprachen über ihre Zukunftspläne. Dabei vertiefte sich ihre Freundschaft, und sie planten einen gemeinsamen Urlaub. „Italien" hieß das große Abendteuer, wovon sie schon lange geträumt hatten. Das Mittelmeer, die Sonne, die Riviera mit ihren Stränden und ein südliches Land mit Charme und schönen Mädchen, das war es was ihnen als Urlaub vorschwebte, sobald sie ihren Führerschein hätten. Also wollten sich beide auf dieses Abendteuer vorbereiten. Sie mussten aber vorher dafür einige Versicherungspapiere ausfüllen, Schmerzensgeld und Sachschaden etc. pp. und mit ihren Rechtsanwälten die Sachlage klären.

3. KAPITEL

Adrian hatte sich nun in einer Fahrschule in Offenbach angemeldet, um endlich den Führerschein für Personen-Kraft-Wagen (PKW) bis 750 kg zu machen. Der theoretische Unterricht war kein Problem für ihn, da er von seiner Prüfung für „Kleinkrafträder" (Moped) noch alle Straßenschilder und Vorfahrtsregeln kannte. Der einzige Unterschied war, von zwei auf vier Räder umzusteigen und damit von der linken Hand der Kupplung auf den linken Fuß, und von der rechten Hand der Bremse und dem Gas, auf den rechten Fuß umzugewöhnen. Er war guter Mutes, denn er hatte auf einem Trainingsplatz geübt und mit seinem Bruder verbotenerweise auf abgelegenen Straßen im öffentlichen Verkehr teilgenommen. Nun war der Tag der Fahrschulprüfung gekommen, und die Nervosität stieg. Einige der Schüler in der Fahrschule kamen schon zum zweiten oder dritten Mal zur Prüfung. Das machte Adrian doch ein wenig Sorgen. Der Prüfer des Automobilverbandes war ein harter Hund. Man musste sich vor ihm in Acht nehmen. Adrian war als erster dran und fuhr durch die Stadt Richtung Rosenhöhe. Der Prüfer gab Anweisungen und Adrian versuchte, alles richtig zu machen. Dann kam die Anweisung „nächste Straße rechts, bitte." Doch Adrian sah die Einbahnstraße noch rechtzeitig und fuhr geradeaus. „Warum sind sie nicht abgebogen?", kam sofort die Frage vom Prüfer. „Entschuldigung, aber das war eine Einbahnstraße." „Gut gesehen Adrian, immer schön aufpassen im Verkehr" Das Lob kam von der Rückbank, von seinem Fahrlehrer Böhmke. Als es eine leichte Steigung hinauf zur Rosenhöhe ging, sagte der Prüfer plötzlich: „Stop, halten sie hier bitte an, und dann fahren sie wieder los, wenn ich es Ihnen sage" Adrian dachte in diesem Moment: „Jetzt nur nicht den Wagen zurückrollen lassen beim

Anfahren, sonst bin ich durch die Prüfung gerasselt!" Als das Kommando kam „losfahren", ließ er die Handbremse leicht nach unten und gab gleichzeitig etwas Gas und ließ die Kupplung kommen. Ein einwandfreier Start, und kein Millimeter nach hinten gerollt! Oben angekommen sagte der Prüfer: „Bitte rechts ran fahren und halten." Er unterschrieb ein Dokument und reichte ihm den Führerschein. „Gratuliere,Sie haben die Prüfung bestanden."

Mit einem Teil des Schmerzensgeldes hatte Adrian sich einen kleinen Gebrauchtwagen gekauft. Sein erstes Auto war ein wunderschöner Citroen Ami 6, mit 600 ccm, zwei Zylinder Boxermotor und rasanten 35 PS. Es war sein ganzer Stolz. Das Auto war wenige Kilometer gefahren worden und hatte eine ausgefallene Konstruktion. Die Heckscheibe war nicht wie bei vielen Autos schräg nach hinten, sondern genau umgekehrt, schräg nach vorne. Das Dach hing also über dem Kofferraum wie ein Vordach, und die Scheibe war schräg in Fahrtrichtung geneigt. Dadurch wurde sie nie nass und auch selten staubig. Der Wagen war hellblau lackiert und die Sitze waren wie ein weiches Sofa. Sie waren mit einem Stoff aus hellblauem Blumenmuster bezogen. Das Armaturenbrett war aus hellgrauem, hässlichem Hartplastik und wurde sofort von Adrian ausgebaut. Kurzerhand mit Schaumstoff beklebt, und mit schwarzem Kunstleder überzogen, gab es dem kleinen Wagen sofort einen besonderen Charme im Innenraum. Ein kleines rundes Thermometer und eine Uhr, ergaben eine besondere, persönliche Note. Das Einspeichenlenkrad, genau wie beim großen Bruder dem Citroen Pallas DS 21, war einmalig zu dieser Zeit. Sicherheitsgurte oder Airbag gab es damals nicht. Servolenkung, ABS, ACC, ESP, EDS oder TCR (Tractions Control) und all der andere Schnickschnack waren damals unbekannt. Navigationssystem, CD Player, MP 3, Bluetooth etc. waren nur als reine Science-Fiction in Zukunftsfilmen zu sehen. Auf den beiden

Kotflügeln wurden zwei Talbotspiegel montiert, und ein schwarz-weißer Rallystreifen wurde an der Seite von den Lampen bis zu den Rücklichtern aufgeklebt, damit war das Traumauto komplett. Jetzt stand ihrer Traumreise in das ferne Italien nichts mehr im Wege. Es war auch ein großes Abendteuer für beide, denn sie sprachen kein Italienisch und hatten dieses Land noch nie besucht. Natürlich kannten sie Berichte aus dem Fernsehen und kannten einige Italiener die in Deutschland Arbeit gefunden hatten, aber Erfahrungen im Ausland hatten sie keine. Egal, sie waren jung und wollten das Abendteuer erleben. Venedig und Rimini, davon hatten schon so viele Urlauber geschwärmt.

Sie konnten sich zwei Wochen Zeit nehmen für ihren Urlaub, und ihr gespartes Geld sollte gerade dafür reichen. Robert hatte vor wenigen Tagen auch seine Prüfung für den Führerschein bestanden, und damit hatten beide nun die lang ersehnte Genehmigung in der Tasche. Ein geliehenes Zelt für vier Personen, ein kleiner Gaskocher, eine Kühlbox und zwei Luftmatratzen mit Wolldecken sollten für den Urlaub reichen, und so machten sie sich an einem Sonntag auf den Weg.

Es war sieben Uhr morgens, und alles ist verstaut im Ami 6, und nun konnte es los gehen. Die ersten dreihundert Kilometer fuhr Adrian und dann fragte Robert: „He Alter, Du bist jetzt lange genug gefahren, lass mich auch mal ran!" An der nächsten Raststätte machten sie eine kurze Pause, und Adrian sprach Robert noch mal ins Gewissen: Also Robert, ich hab schon etwas mehr Erfahrung im Straßenverkehr, und du hast deinen Führerschein erst ein paar Tage. Wenn wir jetzt losfahren schön langsam und aufmerksam, okay?" Robert klemmte sich hinter das Steuer und war etwas genervt. „Ich hab ja meine Prüfung bestanden, was soll denn da schief gehen?" Er legte los, und fuhr rasant aus der Raststädte hinaus, direkt auf die Autobahn. Ohne großartig zu schauen will er zügig einnscheren, aber da hören beide schon:

„Tuuuuuut!!" ein Dreiklanghorn mit ohrenbetäubenden Lärm ertönte hinter ihnen und ein Lastwagen hätte sie beinahe gerammt. „Verdammt noch mal, Robert, du musst schon über die Schulter schauen, oder in den Rückspiegel! Für was habe ich die zwei Talbot Spiegel da vorne angebracht? Wenn der uns erwischt hätte, wäre der Urlaub jetzt schon vorbei." „Ja, ja, ist ja noch einmal gut gegangen, ich muss halt besser aufpassen", kam es kleinlaut von Robert und der Schreck saß ihm noch kräftig in den Knochen.

Am Bodensee entlang ging es weiter in Richtung Schweiz. Sie übernachteten in einer kleinen Pension, und am nächsten Morgen ging es weiter, den Schweizer Alpen entgegen durch den St. Gotthard Tunnel ins ferne Land Italien. Die Straßen waren recht gut ausgebaut, und da wenig Verkehr herrschte, versuchten sie alles aus dem kleine Boxermotor heraus zu holen, was ging. Bei hundertzwanzig Stundenkilometer mit Rückenwind war Schluss, doch es fühlte sich an wie Einhundertachtzig in einem Sportwagen. Kurz vor Venedig kamen sie in eine Polizeikontrolle. Zwei Carabinieri in schwarzer Uniform hielten sie an und wollten alle Papiere sehen. „Waren wir zu schnell?", wollte Adrian wissen, aber die Carabinieri sagten nur: „Nix Aleman, Italiano per favore." Das hat man davon, wenn man eine Landessprache nicht sprechen kann. Ok, kein Problem, sie hatten ja alle Papiere mit, doch scheinbar hatten sie die Rechnung ohne den Wirt gemacht. Die Carabinieri sprachen bedrohlich auf sie ein. Sie bekommen einen Strafzettel der nicht nachvollziehbar war, und der sich gewaschen hatte, mit einer Begründung auf Italienisch, die sie natürlich nicht verstanden. Sie sollten sofort an Ort und Stelle bezahlen, und mussten sich der Willkür der Beamten beugen. Da ging ein Viertel der Urlaubskasse dahin. Adrian war außer sich und stink sauer: „Diese verdammten Spaghettifresser haben uns richtig abgezockt", meinte er, und Robert konnte sich auch nicht mehr zurückhalten: „Das waren korrupte Mafiabullen, die machen das nicht zum ersten Mal. Ich könnte sie in ihren italienischen Macho Arsch treten!" Weiter ging es in Richtung Venedig, aber auch dort bekamen sie die überteuerten Preise zu spüren. Auf dem Markusplatz wollten sie nur einen Kaffee trinken, doch der kostete so viel, wie ein ganzes Mittagessen in Deutschland. Daraufhin machten sie sich schleunigst auf den Weg nach Rimini und fanden einen kleinen Campingplatz, wo sie ihr Zelt aufschlagen konnten. Die Gebühren für den Stellplatz swaren noch erträglich und belasteten die Urlaubskasse nicht zu sehr. Den Standort hatten sie gut gewählt, denn in der Nachbarschaft waren viele junge Leute aus anderen Ländern. Nebenan war ein schönes Zelt mit drei jungen Schwedinnen, die schon freundlich lachten und untereinander tuschelten. Eine kleine Entschädigung für die ersten schlechten Erfahrungen, dachte Adrian. Am nächsten Tag kam man sich schon näher und sie unterhielten sich mit Händen und Füßen. Zeichensprache stand hoch im Kurs und war angesagt. Viele kleine Missverständnisse brachten fröhliches Gelächter, und es entstand eine spontane Freundschaft. Drei Mädels und zwei Jungens, da war immer eine das fünfte Rad am Wagen aber keine wollte es sein. Zwei von den Hübchen Schwedinnen waren schlank, die eine dunkelbraun und die andere blond. Die dritte war blond aber etwas mollig. Sie hatte ihren Babyspeck noch nicht abgelegt. Sie hießen Svenja (dunkles Haar),Ida (blondes Haar), und Sophie (auch blond, aber etwas fülliger). Robert hatte nach wenigen Stunden Svenja auf dem Schoß und flirtete mit ihr auf Teufel komm raus. Adrian war etwas zurückhaltend und konnte sich nicht entscheiden. Er wollte auch keiner der beiden einen Korb geben und so kam nichts dabei heraus. Ida war herb attraktiv, und Sophie war süß und eine Schönheit. Wenn sie an die Promenade gingen, waren sie spontan und unbeschwert und hatten viel Spaß am Strand und im Wasser. Sie fotografierten Adrian und Robert vor einer geankerten weißen Jacht, um den

Eindruck zu erwecken, sie hätten einen Segeltörn gemacht. Als sie wieder zurück auf dem Campingplatz waren, war die Unbeschwertheit weg, und jedes Mädchen wollte sich krampfhaft in den Vordergrund spielen. Das war etwas unangenehmes, fast aufdringliches für Adrian, und er distanzierte sich etwas von beiden.

Nach ein paar Tagen machten sie einen Kassensturz und mussten zu ihren Entsetzen feststellen, sie waren fast pleite. Nach kurzer Besprechung brachen sie die Zelte ab und machten sich auf den Heimweg. Es war gerade mal die Hälfte ihrer Urlaubszeit vorbei, aber die Carabinieri, das teure Venedig und ein paar Einladungen für die Mädels, hatten ihre Reisekasse geplündert. Adrian meinte noch: „Du willst doch Betriebswirt werden, jetzt weißt du worauf du alles zu achten hast. Die Mädels sind ja ganz nett, aber wenn wir sie ständig einladen, dann ist das eine Einbahnstraße. Wir hätten etwas besser kalkulieren müssen, dann wäre das nicht passiert. Jetzt müssen wir bangen, dass unser Geld noch für das Benzin zur Rückreise reicht."

„Werden wir es wenigsten noch durch die Schweiz und über die Alpen schaffen?", fragte Robert besorgt. „Wir dürfen jetzt nicht mehr Vollgas fahren sondern müssen Sprit sparen wo es nur geht, und wenn es bergab geht, schalten wir den Motor aus. Sonst schaffen wir es nicht bis nach hause." Die Fahrt ging langsam in den Norden von Italien, dann durch die Schweiz und über den Brenner, wo sie eine Nacht im Auto schlafen wollten weil es finanziell nichts anders möglich war. Ein wenig Schlaf gelang nur kurze Zeit, denn die Kälte in den Bergen ist bitter und bevor die Sonne wieder aufging, machten sie sich wieder auf den Heimweg. Viele Kilometer bergab ließen sie den Wagen einfach rollen, die Zündung war ausgeschaltet und der Motor stand still, man hörte nur das Rollen der Räder. Da es ja bei diesem Fahrzeug keine Servolenkung gab, war das Lenken kein Problem, und sie konnten viele Kilometer einiges an Sprit sparen. Nur wenn es wirklich notwendig war, wurde sehr vorsichtig und mit ganz wenig Gaspedal im letzten der vier Gänge gefahren. So erreichten sie doch noch den Bodensee, und ihre Anspannung entlud sich indem sie hemmungslos herumblödelten und sich Witze erzählten. Dieser Galgenhumor verwandelte beide in alberne Komiker. Robert sah einen großen Hund der sein Frauchen hinter sich her sog und rief: „Schau mal da, der Hund führt seine Frau Gassi!" Darüber lachten sich beide schief. Einige Kilometer weiter lief ganz normal eine Frau im Regen mit ihrem Schirm, und Adrian, der noch den Ostdeutschen Dialekt sprechen konnte, sagt laut: „Nu gucke mal dooo, ne Genossin mit nem Volksschirm." Und so steigerte sich ihre Blödelei bis in ein schallendes Gelächter. Bei der nächsten Abfahrt ließen sie den Wagen wieder ohne Motor laufen, und bei dem leisen Dahingleiten fiel Adrian noch eine kleine Episode ein. Als sie im Flüchtlingslager in Berlin waren, hörte er eine Frau in üblen Dialekt und schlechter Grammatik ihr Kind oder ihre Schwester rufen: „Wo gommst du denn gewesen her? Du bist ja ganz voll n naß!" Diese antwortete: „Das geht doch deiner dir nüscht an, ik mach ja doch wat will ik kann, kümmer dich um du!" Das brachte das Fass zum Überlaufen und beide lachten sich in einen Rausch bis die Tränen flossen. Völlig erschöpft vom Lachen und der kurzen Nacht rollte der Citroen bis vor einen kleinen Gasthof. „Das trifft sich gut", sagte Robert, und sie wollten sich eine Tasse Kaffee leisten. „Lass uns hier eine Pause machen." Nachdem sie der Wirtin ihre ganze Story vom Urlaub nach Italien erzählt hatten, und wie sie von den Carabinieri und am Markusplatz in Venedig abgezockt worden waren, hatte die Wirten ein Herz und lud sie zum Frühstück ein. Das war noch mal eine willkommene Verschnaufpause, die ihnen etwas Luft verschaffte und den Geldbeutel schonte. Dann ging es weiter in Richtung Frankfurt. Auf der Autobahn wurde noch einmal getankt, und jede Mark und jeder Pfennig wurde in Benzin investiert. Jetzt waren sie blank. „Das muss jetzt bis nach

Hause reichen sonst kommen wir in Teufels Küche, also schön langsam fahren und Sprit sparen, damit wir nicht noch auf den letzten Kilometern stehen bleiben", war der Kommentar von Adrian. Einige Autofahrer hupten zornig über den langsam fahrenden Wagen, der mit sechzig bis siebzig Stundenkilometern dahin rollte. Robert sagte trocken: „Der deutsche Autofahrer hat kein Verständnis für Langsamfahrer, warum müssen denn alle so rasen?" Adrian regte sich über die schnellen Autos auf: „Diese Penner mit ihren teuren Schlitten gehen mir sowas auf den Sack, die meinen sie hätten die Autobahn für sich gemietet." Mit leeren Geldbeutel, völlig abgebrannt und hungrig, kamen sie auf dem letzten Tropfen Benzin in Offenbach an. Jedoch waren sie um eine große Erfahrung reicher, und diesen Urlaub würden sie ihr ganzes Leben lang nicht vergessen.

Ein paar Tage später trafen sich beide bei den Eltern von Robert und gaben einen Bericht über ihren abgebrochenen Urlaub ab. Sie hatten sich einigermaßen von den Strapazen erholt, und sogleich wandelte Robert die traurige Wahrheit in einen erfolgreichen, großartigen Sommerurlaub um. In seinem Urlaubsbericht war er der große Held, und die drei Schwedinnen hätten sich gestritten, welche von ihnen mit ihm hätte ausgehen wollen. Den Carabinieri hätte er gehörig die Meinung gesagt und hätte deswegen eine Strafe zahlen müssen und nur deswegen hätten sie ihren Urlaub frühzeitig abbrechen müssen. Als Beweismittel hatte er die frisch entwickelten Fotos vom Urlaub und reichte diese in die Runde. Seine Eltern und auch seine attraktive Schwester lauschten seiner spannenden Geschichte. Natürlich musste er alles maßlos übertreiben und anders darstellen als es in Wirklichkeit geschehen war. War es Wunschdenken oder Selbstüberschätzung, war es ein Minderwertigkeitskomplex, oder nur seine übersteigerte witzige Natur? Adrian konnte es nicht richtig definieren, aber es war auf jeden Fall sehr unterhaltsam. Ein gutes Beispiel war seine grotesk komische Lieblingsgeschichte. Die ging folgendermaßen: „Ich gehe in Frankfurt auf der Zeil spazieren und plötzlich kommt mir von weitem ein toller Typ entgegen. Er kommt direkt auf mich zu, und die Menschen bleiben stehen, um zu sehen, ob er ein bekannter Schauspieler oder Superstar ist. Er sieht einfach wahnsinnig gut aus und ist der schönste Mann, den ich jemals gesehen habe. Er trägt einen geilen Anzug und hat darin die Figur eines Dressmannes. Seine moderne Frisur und seine Ausstrahlung lassen jede Frau dahinschmelzen. Seine markanten Gesichtszüge runden das Bild ab, und nun sind wir nur noch wenige Meter voneinander entfernt. Die Menschen bleiben stehen und ein raunen geht durch die Menge. Sie schauen gespannt auf uns beide. Doch plötzlich entpuppt sich das ganze Szenario als ein Mißverständnis, denn ich bin zufällig auf einen riesigen Spiegel zugegangen und stehe nun vor meinem Spiegelbild."

Dieser satirische Beitrag sollte witzig sein, zeigte aber auch die Selbsteinschätzung oder auch Selbstüberschätzung, die Robert umtrieb. Jeder junge Mann möchte gerne gut aussehen und eine sportliche Figur haben, dazu noch viel Geld verdienen und die schönste Frau sein eigen nennen. Leider ist das etwas unrealistisch, denn niemand ist perfekt. Die wenigsten Männer auf der Welt hatten all diese Eigenschaften die sich Robert erträumte. Aber er wollte den Frauen, die in sein Beuteschema passen, sagen: „Ich bin das Beste, was du jemals kennenlernen wirst!" Ob seine außergewöhnliche Wunschvorstellung sich realisieren ließ und sich für ihn in nächster Zukunft erfüllen würde, stand jedoch in den Sternen.

4. KAPITEL

„Adrian, wir haben mit deinem Anwalt gesprochen, der deinen Unfall bearbeitet. Er ist der Meinung, dass du mit deiner Verletzung nicht mehr in deinem erlernten Beruf als Dekorateur arbeiten kannst, und schlägt deshalb eine Umschulung in einen sitzenden Beruf vor. Außerdem ist deine sportliche Laufbahn erst einmal auf Eis gelegt, weil du dein linkes Bein nicht mehr so belasten kannst, wie es notwendig wäre. Wir möchten, dass du dir alles gut durch den Kopf gehen lässt und dann eine Wahl triffst, in welchen sitzenden Beruf du umschulen möchtest." Das waren die Worte seines Vaters, der mit „wir" den Familienrat meinte, nämlich seine Mutter und seine vier Brüder. Enttäuschung machte sich in ihm breit, denn die Familie hatte für ihn schon entschieden was zu tun war. Wenigstens hatte er noch die Wahl, welchen sitzenden Beruf er ergreifen sollte. Er war traurig, dass er durch den Unfall seine körperliche Unversehrtheit verloren hatte und sich nun gezwungenermaßen in eine ungewisse Zukunft begeben musste, welche ihm kaum die Möglichkeit einer sportlichen oder kreativen Laufbahn ermöglichen würde. „Na schön, in welchen Beruf soll ich eurer Meinung nach denn umschulen?" Sein Vater gab ihm sofort eine Antwort: „Ich würde dir empfehlen, eine Beamtenlaufbahn einzuschlagen. Da hast du ein geregeltes Einkommen, einen geregelten Urlaub, jedes Jahr steigst du höher in der Besoldung, und du bist unkündbar. Am Ende deiner Laufbahn bekommst du noch eine gute Rente und hast ausgesorgt." Adrian war nicht begeistert. „Das hört sich doch nach einer Eierlegenden Wollmilchsau an. Ein bequemes Leben, in dem man sich nicht anstrengen muss, in dem man jedes Jahr mehr Geld verdient, bezahlten Urlaub hat, unkündbar ist und zum Schluss auch noch eine fette Rente bekommt. Jetzt versteh ich, warum wir so viele Beamte haben und einen riesigen Wasserkopf an Bürokratie mit uns

herumschleppen. Nein danke, das ist nichts für mich." Sein Vater war
enttäuscht, denn er wollte ja nur das Beste für Adrian. Daraufhin eröffnete er
ihm die andere Möglichkeit. „Die Alternative, die uns dein Rechtsanwalt
geraten hat, ist eine Umschulung, in einer Spezialschule in Bad Pyrmont, die
in der Landesversehrtenberufsfachschule Niedersachsen stattfindet. Dort
kannst du umschulen zum Setzer für die Druckindustrie, zum grafischer
Zeichner und Fotograph, oder zum Goldschmied und Uhrmacher, oder
einen anderen Beruf, den sie dort anbieten." Das hörte sich für Adrian schon
besser an, und er wäre erst einmal aus dem Elterhaus und könnte sein Leben
selber in die Hand nehmen. Sein Vater ließ aber nicht locker und fügte hinzu:
„Bevor du dich für Bad Pyrmont entscheidest, solltest du es wenigstens ein
Paar Monate als Praktikant in einem Amt versuchen. Ich habe schon mit
dem Steueramt in Offenbach gesprochen, und die würden dich einige
Monate beschäftigen. Dann kannst du immer noch entscheiden, ob du
bleiben willst, oder in die Fremde gehst." Adrian wusste, dass er dieses
Angebot nicht ausschlagen konnte. Die paar Monate würde er auch
überstehen, und er brauchte zudem einen Job, um die Zwischenzeit zu
überbrücken. Die Schule in Bad Pyrmont konnte er sowieso erst im Frühjahr
antreten weil vorher kein Platz frei war. Also stimmte er seinem Vater zu, und
der war erst einmal erleichtert, dass sein Sohn endlich mal seinen
Vorschlägen folge leistete. Sein Bruder Thomas war auch erleichtert, denn er
hatte neben seinem Beruf als Polizeibeamter noch ein kleines Hobby. Er war
Gitarrist in einem Quartett mit Namen „Allegros", und wollte diesen Posten
als Gitarrist aufgeben. Er brauchte Adrian nicht zu überreden, denn der war
schon immer interessiert, etwas besser Gitarre zu lernen. Also zeigte Thomas
ihm einige Griffe die er noch dazulernen musste, und sie übten die Lieder ein,
die er mit den Allegros einstudiert hatte. Ein südamerikanisches Potpourri
bekannter Melodien, angefangen von „Pedro aus Caracas in Südamerika,

handelt mit Annanas, wunderbar", bis hin zu „Ave Maria no moro" mit deutschem Text, wurden einstudiert. Damit hatte Thomas endlich mehr Zeit für seine Lehrgänge, die er als Polizist brauchte um sich in seinem Beruf weiterzubilden.

Im Herbst des gleichen Jahres fing Adrian dann im Steueramt an. Am ersten Tag wurde er vom Abteilungsleiter begrüßt und den anderen Mitarbeitern vorgestellt. Die Arbeitszeit war von 8 Uhr morgens bis 12 Uhr mittags und danach eine Stunde Mittagspause, dann von 13 Uhr bis 17 Uhr nachmittags. Danach zeigte man ihm das Zimmer, in dem er arbeiten sollte. Es war ein geräumiger Raum, in dem drei Schreibtische standen, sowie einige Regale mit Karteikarten. Ein großes Fenster bot einen schönen Blick über den Main und die Uferstraße. Ein Schreibtisch war leer und der Abteilungsleiter meinte kurz: „Ja, Adrian, es freut mich, dass ich dich als neuen Mitarbeiter hier im Steueramt begrüßen kann. Wir haben von deinem Unfall gehört, und deshalb einen Hocker neben deinen Tisch gestellt, damit du dein Bein auch ab und zu hochlegen kannst. An den anderen beiden Tischen sitzen Herr Reinhard und Herr Lichter sie werden dir auch genau den Tagesablauf und deine Arbeit erklären." Danach verließ er das Zimmer. Adrian begrüßte die beiden Herren und war gespannt, wie es wohl sein würde mit den beiden. Reinhard, ein hagerer junger Mann mit vollem Haar, erklärte ihm als erstes den Tagesablauf: „Also, wir machen hier gegen 9 Uhr Frühstück, Mittagessen ist dann von 12 bis 1 Uhr, und Nachmittags gegen 15.30 Uhr dreißig eine Kaffeepause. Dazwischen arbeiten wir an der Übertragung von Karteikarten auf das neue Lochkartensystem. Da ist noch viel zu tun, und es wird wohl noch einige Monate dauern." „Ok", sagt Adrian, „dann müssen wir uns etwas sputen oder?" „Immer schön ruhig mit den jungen Pferden Hier muss nichts überstürzt werden, wir haben genug Zeit, und es sind noch andere Steuersachen zu bearbeiten." Draußen auf dem Flur saßen tatsächlich einige Leute mit Akten und Papieren unter dem Arm und warteten darauf angehört zu werden. In der Zwischenzeit war es schon 9.30 Uhr, und er hatte noch keine einzige Karteikarte berührt, die beiden Kollegen aber auch nicht. Umso mehr war er überrascht, dass Reinhard eine Tageszeitung hervorholte und in Ruhe zu lesen begann. Lichter, ein etwas älterer Herr mit Glatze und wohl beleibt, öffnete seine Tasche und packte sein Frühstück aus mit dem Kommentar: „Frühstückszeit." Wird hier überhaupt einmal gearbeitet, dachte Adrian, und packte ebenfalls sein Frühstücksbrot aus. Abwarten und Tee trinken scheint die beste Devise zu sein, am ersten Tag an seiner neuen Arbeitsstelle. Dann passierten ungewöhnliche Dinge. Lichter stand auf nahm einen Stapel Akten, und klemmte ihn sich unter den Arm. Dann blieb er einen Moment stehen als konzentrierte er sich auf etwas Wichtiges. Danach stürmte er aus dem Zimmer und rief den wartenden Bürgern mit lauter Stimme zu: „Bitte haben sie noch etwas Geduld, wir haben momentan viel zu tun", und verschwand im Nächsten Büro gegenüber. „Was war das denn?", fragte Adrian, und Reinhard grinste nur etwas verschämt. „Er will nur in Ruhe mit dem Kollegen Schmidt ein Schwätzchen halten." „Wie, der hat gar nichts zu tun in dem anderen Büro?" „Information austauschen, nennt man das hier." „Und die Leute, die da draußen warten?" „Na, die kommen etwas später dran, und die Akten sind nur dazu da, um viel Arbeit vorzutäuschen." Adrian war schockiert. „Das war eine reife schauspielerische Leistung" dachte er. „Den Leuten den beschäftigten Beamten vorspielen." Dieser faule Sack ließ die Leute im Flur stundenlang warten und führt in der Zwischenzeit private Gespräche. „Ist ja fast wie im Theater hier", ließ er Reinhard wissen. Der schaute ihn etwas verwundert an und meinte: „Du wirst dich schon noch an unseren Arbeitsrhythmus gewöhnen müssen." Als Lichter wieder zurück kam, war es schon 11 Uhr, und die beiden hatten noch keinen Finger gerührt. Er brachte eine Bildzeitung aus dem anderen Büro mit und fing an zu lesen. „He, Reinhard, hast du das gelesen? Da ist schon wieder ein Mord in Frankfurt passiert". Das erinnerte Adrian an seine alte Firma, Dreeger. Dort hatten die Mitarbeiter auch immer dieses Käseblatt gekauft. Riesige Schlagzeilen, mit provozierenden Fotos und eine Volksverdummung hoch drei. Er hatte diese Zeitung nur selten gelesen, und benutzt hatte er sie nur dann, wenn es auf der Toilette kein Papier mehr gab. „Das sind ja schöne Sitten hier auf dem Amt", denkt er. Gegen 11.30 Uhr wurden die ersten Anträge bearbeitet. Die Menschen draußen auf dem Flur hatten davon keine Ahnung und waren dieser Willkür völlig ausgesetzt. „Was für ein Affentheater, dachte er noch, und hier soll ich mein Leben lang mitmachen, nein danke.

Nach Feierabend traf sich Adrian mit seinen Musikfreunden, den „Allegros", und die beiden Mädels Tina und Gerda hatten ein neues Konzept für ihr nostalgisches Potpourri mitgebracht. Sie wollten gerne in den Kleidern der zwanziger Jahre auftreten, es waren die Jahre des Charleston. Diese Kleider hatten ein besonderes erotisches Flair, da sich bei jeder Bewegung ihre vielen Fransen bewegte. Dieses taillenlose Etwas konnte man mit Spaghettiträgern tragen und mit einer langen Perlenkette dekorieren. Der Name „Charleston" stammt jedoch von der Hafenstadt Charleston in South Carolina USA ab. Dort hatte sich diese rhythmische Musik entwickelt. Es waren nur wenige Lieder, mit deutschem Text zusammengefasst, die Tina und Gerda sangen, da der Auftritt zur Fastnachtszeit immer nur 3 bis 4 Minuten betragen durfte. Die Lieder starten mit „Was machst du mit dem Knie, lieber Hans, mit dem Knie, lieber Hans beim Tanz", bis hin zu „Ausgerechnet Bananen, Bananen verlangt er von mir." Die Mädels sangen es abwechselnd, und den Refrain zweistimmig im Chor. Peter am Schifferklavier und Adrian mit seiner Gitarre, begleiteten die beiden, und es wurde ein gelungenes Potpourri.

Am nächsten Morgen war Adrian wieder punkt 8 Uhr im Steueramt und begann mit der Arbeit, die Karteikarten umzuschreiben. Reinhard kam etwas später, und dann erschien auch Lichter. Reinhard meinte: „Adrian, du kannst hier als Beamter schnell Karriere machen und wenn du diese Laufbahn einschlagen willst. Hier bekommst du automatisch jedes Jahr mehr Gehalt und nach einer gewissen Zeit bist du unkündbar, das ist doch super, oder?" „Ach du heilige Scheiße" dachte Adrian, „armes Deutschland! So langsam werden wir eine Bananenrepublik, und wenn das so weitergeht, werden wir an diesem bürokratischen Mühlstein zugrunde gehen." Reinhard schaute ihn fragend an. „Ist doch ne tolle Sache, oder hast Du andere Pläne?" „Na ja", kam es etwas zögernd, denn er will Reinhard nicht vor den Kopf stoßen. „Ich hatte mir eigentlich andere Pläne für mein Leben vorgestellt." Reinhard wußte von seinem Unfall und seiner sportlichen Laufbahn und sagte: „Mach dir keine Sorgen das Leben geht weiter. "Jetzt musste natürlich auch Lichter seinen Senf dazugeben. "Die Wege des Herrn sind unergründlich. Du musst nun das Beste daraus machen:" Adrian nahm sich einen dicken Stapel Karteikarten um sich dieser Unterhaltung zu entziehen und begann mit seiner Arbeit. „Nicht alle auf einmal", räumte Lichter ein. „Die Arbeit soll ja für ein paar Monate reichen, also gut einteilen." Wollen die mich jetzt schon zu einem faulen Beamten umerziehen?", denkt Adrian, „ich lass mir doch nicht meinen gewohnten Arbeitsrhythmus von diesen faulen Sesselfurzern vorschreiben." Lichter war der ältere in Amt und hatte den höheren Beamtenstand. Das musste er immer mal durchblicken lassen, und wollte nun etwas mehr von Adrian wissen. „War da nicht mal die Rede von einer Umschulung?" „Ja, mein Rechtsanwalt hat das mit der Versicherung ausgehandelt. Da ich ja keine Schuld an diesem Unfall hatte, bekomme ich die Gelegenheit, einen neuen Beruf zu erlernen." „Das würde ich mir aber reiflich überlegen, denn hier im Amt hast du deine Aufstiegsmöglichkeiten, deinen guten Gehalt und deine sichere Rente." „Ja, ich weiß, aber ich wollte mein Leben nach meinen Talenten ausrichten. Sport fällt nun leider weg, und da ich Dekorateur gelernt habe, möchte ich gerne einen kreativen Beruf erlernen, z.b. Grafiker. Dazu gibt mir die Fachschule in Bad Pyrmont die Möglichkeit. Oder ich spiele später in einer Band, weil mir Musik viel mehr Spaß macht, als Büroarbeit. Die Arbeit hier im Steueramt ist dagegen ein krasser Gegensatz, oder?" In Gedanken gingen jedoch seine Worte weiter: „Und außerdem hab ich keine Lust, mein Leben lang so eine langweilige, stupide Arbeit zu machen und auf dem faulen Arsch rumzusitzen wie ihr." Des lieben Friedens willen, und weil er ja nur ein paar Monate hier sein würde, ließ er diese Gedanken unausgesprochen. Doch Reinhard gab noch mal zu bedenken: „Das musst du natürlich selber wissen. Mach erst mal hier ein paar Monate, dann wirst du schon merken, wie gut es hier ist. Hier hast du auf jeden Fall dein gesichertes Auskommen." Reinhard hatte natürlich Recht, was die Staatliche Hängematte betraf. Aber das würde Adrian erst über 40 Jahre später erfahren, wenn er als selbstständiger Grafiker und Musiker, der nicht immer den gesetzlichen Beitrag einzahlen konnte, dann im 21. Jahrhundert von einer monatlichen Rente von 254.- Euro im Monat leben musste. Dann würden nicht die vielen Jahre zählen, die er schöne Bilder gemalt hatte, oder wie viele Lieder er komponiert hatte, auch nicht wie viele Geschichten er geschrieben hatte, nein, dann zählte nur, wie viel Jahre jemand als Beamter in deinem Büro abgesessen hatte. Natürlich ist diese bürokratische Arbeit auch wichtig, aber der Unterschied in der Rente war gewaltig, denn ein Beamter bekommt heutzutage das 20 bis 100 fache mehr als jeder Künstler. Deswegen gibt es im 21 Jahrhundert in Deutschland immer noch keine soziale Gerechtigkeit, sonst gäbe es ein Bedingungsloses Grundeinkommen für alle Bürger und Beamte würden auch Steuern zahlen. Die Digitalisierung und Automatisierung unserer Arbeitswelt wird mit

Sicherheit in wenigen Jahren zu Millionen von Arbeitslosen führen. Damit wird sich die Schere zwischen Arm und Reich noch dramatischer öffnen, und wenn Millionen von Hartz 4 leben sollen und wenige sich im Reichtum baden, dann läuft etwas gewaltig schief in unserer Gesellschaft und das wird nicht ohne Folgen bleiben. Für alle, die sich jetzt echauffieren und der Meinung sind, dann würden ja alle Arbeitslosen und alle faulen Menschen noch unterstützt, kann ich nur sagen: „die werden bereits jetzt unterstützt und bekommen Arbeitslosengeld, Hartz 4 oder sonstige Almosen. Wenn man ihnen aber ein menschenwürdiges Grundeinkommen geben würde, dann hätten alle etwas davon. Jeder Arbeitslose muss schließlich auch essen und trinken, mit der Bahn oder dem Bus fahren, braucht ein Telefon oder einen Computer, und er kann es sich dann auch mal leisten ins Kino, zum Musikfest oder zum Fußball zu gehen.

Aber zurück in die 60 er Jahre.

Adrian hatte drei mal die Woche Probe mit seiner Truppe. Die Wochen flogen dahin, und am 11.11. jeden Jahres begann die sehnsüchtig erwartete Fastnachtszeit. Die Auftritte bei den verschiedenen Fastnachtveranstaltungen lagen dicht beieinander, und an manchen Tagen fuhren sie zu drei verschiedenen Auftritten. Das war ein sehr genauer Zeitplan, der eingehalten werden musste. Die größte und schönste Veranstaltung an einem Wochenende war der Auftritt im Goethetheater in Offenbach. Die Mädchen hatten sich geschminkt, ihre Prinz Eisenherz Perücken aufgesetzt und die tollen Charleston Kleider mit den schwarzen Fransen angezogen. Peter hatte sein Schifferklavier vor der Brust und Adrian seine Gitarre umgehängt. Alle warteten gespannt hinter der Bühne auf ihr Zeichen. Es waren sehr viele Künstler im Programm, vom Ballet bis zum Clown, vom Büttenredner bis zum Solosänger, von den verschiedenen Tanzeinlagen bis hin zu den Allegros. Der Saal war gefüllt mit Prominenz vom Bürgermeister bis zum Polizeipräsidenten und vielen Vereinsvorsitzenden und Geschäftsleuten aus Offenbach. Dann war es soweit. Ein Tanz-Ballett verließ die Bühne, und der Conferencier sagte die grandiosen Allegros an. Bei der Generalprobe war der Saal noch erleuchtet und kein Mensch in den Sitzreihen zu sehen, aber jetzt war alles stockdunkel, und die Scheinwerfer strahlten gnadenlos von der Decke in ihre Gesichter. Man konnte die vielen Besucher raunen hören wie einen großen Bienenschwarm, aber man konnte sie nicht sehen. Sie kamen sich vor, als stünden sie vor einer schwarzen Wand. Man konnte Leute leise sprechen hören, hier und da ein lachen und ab und zu ein leises husten, aber es war unmöglich, auch nur ein einziges Gesicht zu erkennen. Peter gab den Takt vor, und dann sangen Tina und Gerda zweistimmig ihr Potpourri. Ihre Beine wippten im Takt, und die Fransen natürlich mit. In den Händen hielten sie die langen Ketten und schlugen damit kreisförmige Bewegungen. Die Mädels waren eine Attraktion und ein Augenschmaus mit ihren Charleston Kleidern und den schwarzen Perücken. Die beiden Jungens standen rechts und links etwas im Hintergrund, und waren lediglich die Begleitung. Nach wenigen Minuten war der Spaß vorbei, und ein anerkennender Applaus gab ihnen die Gewissheit, dass es ein guter Auftritt war. Der Vorsitzende verteilte noch an alle Medaillen, und mit dem Narhallamarsch ging es im Takt von der Bühne.

Der Verein, in dem die Allegros jede Woche ihre Lieder einstudierten, hatte viele Mitglieder zwischen 40 und 60 Jahren deren Kinder noch Teenager waren. Ein Teenager war Adrian aufgefallen. Monika, eine hübsche Blondine von ca. 16 Jahren, deren Freundin Astrid mit seinem Freund Robert vom Krankenhaus zusammen war. „Das trifft sich gut", dachte Adrian und fragte Monikas Eltern ob er sie mal ausführen dürfe. Diese kannten seinen Bruder gut und waren begeisterte Allegro-Anhänger, und hatten deshalb keine Einwände, dass Adrian und ihre Tochter ausgingen. Als er Monika darauf ansprach, willigte sie sofort ein und schien sich sehr darüber zu freuen. Als hätte sie schon lange darauf gewartet. Adrian verabredete sich mit Robert, und die Vier verbrachten einige Abende zusammen. Robert und auch Adrian bemerkten, dass beide Mädchen sehr zurückhaltend waren und eine gewisse Scheu an den Tag legten. Astrid war ohne Zweifel eine dunkelhaarige Schönheit, die bei jeder Miss-Wahl unter die ersten Drei gewählt worden wäre. Monika hatte blondes Haar und war eine hübsch, lustige, aber würde wohl auch wegen ihrer Größe nicht unter die Ersten bei einem Wettbewerb kommen. Adrian war sie trotzdem lieber als Astrid, weil er bei Astrid befürchtet müsste, dass sie wegen ihrer Schönheit von allen Männern umgarnt und begehrt würde, und so gönnt er Robert seine Eroberung. Nach ein paar Wochen gab es zwischen Monika und ihm nur wenige Fortschritte. Händchenhalten und ein Kuss auf die Wangen waren alles. Robert gab ihm zu verstehen, dass auch Astrid ein schwer zu eroberndes Mädchen war. Adrian hatte Geduld und wollte Monika zu nichts drängen. Wenn er sie von Zuhause abholte, schauten die Eltern immer aus dem Fenster und winkten ihnen freundlich zu. Monika sollte immer vor Mitternacht wieder zurück sein. Doch sie wollte immer ein paar Stunden vor Mitternacht schon in ihrer Straße abgesetzt werden. Auch Astrid hatte strenge Eltern, die sie immer zur Pünktlichkeit ermahnten. An manchen Wochenenden machten sie schon nachmittags schöne Ausflüge in die nähere Umgebung, und Adrian holte sie immer mit seinem Citroen Ami 6 ab. Die Kamera war immer dabei, und so entstanden schöne Fotos im Cafe in Frankfurt oder sie fuhren nach Falkenstein und zogen eine Karte für 30 Pfennig, um die Burgruine zu besichtigen. Bei anderen Gelegenheiten lud Adrian sie zum Boot fahren auf dem Main ein, und alle hatten einen riesigen Spaß. Doch auch nach diesen vielen Wochen des Kennenlernens, war kein intimes Näherkommen möglich. Wenn Adrian ihr einen Kuss geben wollte, drehte sie sich immer ab. „Ich habe doch keinen Mundgeruch und stink auch nicht nach Fisch, bin immer adrett angezogen und habe immer gutes Rasierwasser an mir, ich könnte andere Mädchen sofort haben, was ist hier los?" Langsam begann er an der Freundschaft von Monika zu zweifeln. Als sie wieder einmal frühzeitig in ihrer Straße abgesetzt werden wollte, wartete er bis sie im Toreingang vom Häuserblock verschwunden war. Am nächsten Tag fragte er die Eltern, wann sie denn heimgekommen sei. Die Antwort war ein Schock. „Ja, wie immer, so gegen Zwölf." Er hatte sie aber immer schon gegen 9 Uhr in ihrer Strasse abgesetzt. Damit wollte er ihre Eltern noch nicht beunruhigen und sagte erst einmal nichts über die Uhrzeiten, zu denen er sie wirklich nach hause gebracht hatte. Aber am nächsten Tag wollte er Klarheit schaffen. Als er Monika darauf ansprach, wurde sie sehr verlegen, und konnte ihm nicht in die Augen schauen. „Was geht hier eigentlich vor Monika, was machst du in den zwei, drei Stunden bis Mitternacht, wenn ich dich vorher in deiner Straße absetze? Ich möchte von Dir eine klare Antwort und zwar jetzt!" Langsam rückte sie mit der Sprache heraus. „Ich habe schon länger eine Affäre mit einem geschiedenen Mann, der in unserer Straße wohnt aber meine Eltern dürfen davon nichts wissen. Das war immer die Gelegenheit ihn zu sehen. Können wir nicht einfach weiter machen wie bisher?" Adrian war sprachlos und fühlte sich, als ob ihm jemand einen Eimer kaltes Wasser über den Kopf geschüttet hätte. „Du hast mich die ganze Zeit nur benutzt und mir eine Freundschaft vorgespielt, mit gespielter Aussicht ein echtes Paar zu werden, nur um mit einem anderen ins Bett zu gehen?" Adrian traute seinen Ohren nicht und war fassungslos. „Und du verlangst allen Ernstes, dass wir so weiter machen wie bisher? Du bist doch nicht ganz dicht!" Adrian stammelte seine Worte heraus und konnte keinen klaren Gedanken fassen. Monika startete noch einen Versuch, ihn umzustimmen, doch es war zwecklos. Sie bat ihn dringend, ihren Eltern nichts zu sagen. „Ok, ich sage deinen Eltern nichts, aber wir sind ab sofort geschiedene Leute, und ich will dich nie wieder sehen. Komm mir nicht wieder unter die Augen, sonst kläre ich deine Eltern auf." Das war ein Tiefschlag, den er erste einmal überwinden musste. Monika hatte er seit damals nie wieder gesehen.

Adrian hatte Post bekommen. Sein Antrag auf Umschulung war stattgegeben worden und er konnte im Frühjahr 1967 in der Versehrtenfachschule in Bad Pyrmont anfangen. Damit hatte sich die Überlegung, wie es in seinem Leben weitergehen sollte, entschieden. Er würde nach Niedersachsen gehen und einen neuen Beruf erlernen. Im Steueramt wurde es mit Erstaunen aufgenommen, aber es war eine endgültige Entscheidung. Reinhard und Lichter gaben ihre Überredungsversuche auf und ließen Adrian nun in Ruhe seine Karteikarten bearbeiten. Viel Zeit war eh nicht mehr zu verbringen, denn er hatte nun einen Termin für Bad Pyrmont, und einige Wochen frei zur Verfügung. Diese Zeit wollte er bei seinem Bruder Ronald, der Grafiker war, wohnen, um sich vorab schon einmal einen kleinen Eindruck über Grafik und Fotografie zu verschaffen, und sich gleichzeitig etwas von seinem Elternhaus zu lösen. Ronald hatte sich ein kleines Haus am Waldrand gemietet und hatte gute Aufträge von großen Unternehmen. Da konnte Adrian schon mal einige Erfahrung für seinen kommenden Beruf sammeln. Ronald hatte eine neue Frau namens Lisa, die zwei Kinder, die im alter von 4 und 6 Jahr alt waren, mit in die Ehe gebracht. Jedes Kind von einem anderen Mann, was damals ungewöhnlich war. Seine erste Frau Ursula konnte keine Kinder bekommen, und auch sonst hatten sie sich auseinander gelebt. Die jüngste Tochter in Ronalds neuer Familie war gerade 2 Jahre alt geworden und so hatte er mit den beiden adoptierten Mädchen drei süße kleine Kinder. Lisa war nicht die geborene Hausfrau, sondern wollte jede Möglichkeit ihre Freiheit zu genießen, ausnutzen. Für den Haushalt und die Kinder hatte Ronald nun ein Kindermädchen eingestellt, damit Lisa mehr Zeit für ihren Friseur, ihre Massagen, Einkaufstouren und ihre Ausflüge mit dem nagelneuen Citroen DS 21 Pallas hatte. Das Kindermädchen hieß Marianne und war ein wunderschönes Mädchen mit pechschwarzem, langem Haar. Sie hatte alle Hände voll zu tun, um die drei Mädchen zu betreuen. Dazu kam das Wäschewaschen, Essenkochen und bei der Ältesten die Schulaufgaben beaufsichtigen. Sie wohnte mit im Haus im Gästetrakt, und nun kam auch noch Adrian hinzu was ihre Arbeit nicht leichter nachte. Also hatte sich Adrian schnell angeboten, zu helfen, auf die Kleinen aufzupassen und sich im Haus nützlich zu machen. Man musste die drei ständig im Auge behalten damit sie in ihrem jugendlichen Leichtsinn sich nicht beim Spielen verletzten, oder Dinge kaputt machten. Für die wenigen Wochen bis zu seiner Umschulung war ihm jede Abwechslung recht. Ronald hatte kaum Zeit und arbeitete jeden Tag bis in die Nacht hinein um seiner Familie alles zu bieten und seinen Lebensstandart aufrechtzuerhalten. Marianne war den ganzen Tag mit den drei Mädels beschäftigt, und Adrian schaute seinem Bruder oft über die Schulter, um zu sehen, wie er manche grafischen Arbeiten lösen würde. Wenn es notwendig wurde, weil Marianne Essen kochen oder bügeln musste, passte er auf die Kleinen auf und so kam er Marianne immer etwas näher. Wenn die Kleinen ins Bett mussten und Adrian die Jüngste auf seinen Armen ins Kinderzimmer brachte, kam es schon mal zu kleineren Berührungen zwischen ihm und Marianne. Dabei schauten sie sich lachend an und konnten ihre Zuneigung für einander kaum verbergen. Sie war eine geduldige und schöne Frau von ca. 19 Jahren, die einfach einen liebevollen Charakter ausstrahlte. Das war auch der Grund, warum sich die Kinder und Adrian in ihrer Nähe wohlfühlten. Bei Adrian kam noch dazu, dass sie nicht nur hübsch war, sondern auch einen sexy Körper und einen betörenden Duft hatte. War es Parfüm oder Eau de Cologne, er konnte es nicht genau sagen und wollte auch nicht nachfragen. In diesen Momenten vergaß er komplett die vergangenen Monate im Krankenhaus und die noch kommenden anderthalb Jahre in Bad Pyrmont. Er wollte einfach nur in ihrer Nähe sein, und so erwachte in ihm eine große Zuneigung. War das Liebe? Einige Abende hatte er mit ihr über die Kinder und über seine Pläne bezüglich seiner Umschulung gesprochen, um herauszufinden ob sie es schade finden würde, wenn er nach wenigen Wochen wieder gehen musste. Sie war immer sehr selbstlos in ihren Handlungen und gab ihm zu verstehen, dass er es selbst zu entscheiden hätte. Und da lag der Hase im Pfeffer. Er konnte sich nicht entscheiden.

Sollte er vielleicht doch im Steueramt einen sicheren Arbeitsplatz annehmen und mit ihr eine Familie gründen? Auf der anderen Seite würde ihn diese Arbeit auf Dauer nicht glücklich machen, und er wollte doch einen kreativen Beruf ausüben. Er wusste auch nicht wieviel er ihr bedeutete, und ob sie überhaupt mit ihm eine feste Verbindung eingehen wollte. Dazu kam, dass er bis dahin noch nie mit einer Frau geschlafen hatte, und das machte ihm etwas Angst. Wie würde sie reagieren, wenn er einen Annäherungsversuch machte? Er entschied sich für die einfache Lösung. Alles auf sich zu kommen zu lassen und das Schicksal entscheiden zu lassen, erschien ihm der beste Weg zu sein. Nach einem anstrengenden Tag mit den Kindern nahm er allen Mut zusammen und klopfte nach Feierabend an die Tür von Marianne. Nach kurzem Zögern öffnete sie und stand im Pyjama in der Tür. „Ist etwas mit den Kindern?", fragte sie überrascht. „Verzeihung, nein, die Kinder schlafen schon. Ich wollte fragen, ob du einen Moment Zeit hast, ein wenig zu plaudern, weil mein Bruder noch viel zu tun hat und ich etwas Langeweile habe." „Ja, komm rein, ich kann eh noch nicht schlafen und hab gerade in einem Buch gelesen." Adrian betrat ihr Zimmer und sie schloss hinter ihm ab. Sie lächelte ihn an, und er hatte das Gefühl, dass sie doch etwas mehr für ihn empfand. „Nimm Platz. Willst du etwas trinken?" „Ja gerne, was hast du denn da?" „Da drüben auf dem Regal steht eine Flasche Rotwein, die ist schon offen." Adrian schaute sich im Zimmer um. Es war nur ein kleiner Raum, aber es hatte alles, was man brauchte. Ein großer Kleiderschrank mit einem Bücherregal daneben, ein Tisch mit zwei Stühlen neben einem Bett mit einem kleinen Nachtschränkchen. „Darf ich dir etwas einschenken?" „Ja bitte, auf dem Tisch stehen zwei Gläser, ich bin gleich wieder da." Sie huschte hinaus, und er hörte, wie sie die Tür vom Bad verschloss. „Das fängt ja gut an", dachte Adrian und nippte an seinem Glas. Er war ziemlich nervös und konnte es kaum erwarten, dass sie wieder zurückkam. Die wenigen Minuten vergingen wie in Zeitlupe, doch dann kam sie wieder ins Zimmer und duftete nach ihrem tollen Parfüm. „Ich musste mal für kleine Mädchen, und hab mich etwas frisch gemacht." Adrian war hin und weg von ihrer Erscheinung, und reichte ihr ein Glas Wein. „du siehst nicht nur toll aus, du riechst auch fantastisch", ist alles was er in dieser Situation herausbrachte. Sie stieß ihr Glas an das seine und sagte: „Wollen wir nicht auf Brüderschaft trinken?", „das ist ein gutes Zeichen", dachte Adrian. Heute Abend scheint alles zu gehen und er sagte: „Na klar, auf unsere Brüderschaft", und hakte seine Arme um die ihre, und so tranken beide einen kräftigen Schluck. „Jetzt muss aber auch ein Bruderkuss kommen, Marianne", ließ er sie wissen, und ging etwas auf sie zu. Sie wich einen kleinen Schritt zurück und schaute ihn verschmitzt an. Ihre schwarzen Haare fielen ihr bis über die Schulter, und ihr Pyjama war ein wenig geöffnet und ließ den Ansatz ihres Busens erkennen. „Na komm, sei kein Frosch, zur Brüderschaft gehört auch ein Bruderkuss!" Es kam kein Widerspruch von ihrer Seite, und so stand er nun ganz dicht vor ihr. „Ok, aber nur ein kleiner Kuss." Sie nippte noch einmal an ihrem Rotwein, und ihr

Mund war nun leicht geöffnet. Ihre Lippen waren feucht vom Wein und er konnte es kaum erwarten, diese Lippen zu küssen. Er stellt langsam sein Glas ab und fuhr mit seiner rechten Hand durch ihr Haar bis an den Hinterkopf und schaute ihr dabei in ihre feurigen dunkelbraunen Augen. Ihr Gesicht war jetzt ganz nah an seinem und sie konnte nicht mehr zurückweichen. Die linke Hand umfasste ihre Taille und er zog sie langsam dicht an sich heran. Dann berührten sich ihre Lippen, und ein wilder leidenschaftlicher Kuss entbrannte. Jetzt waren alle Dämme gebrochen, und es ging stürmisch zur Sache. „Ich hab mich in Dich verliebt", flüsterte Adrian ihr ins Ohr. „Ich habe das schon länger bemerkt", flüsterte sie zurück. „Ich bin ein Trottel, dass ich es nicht gleich bemerkt habe." „Nein, wir Mädchen sind eben nur etwas reifer und schneller von Begriff, als ihr Männer." Adrian war etwas überrascht, denn sie schaute ihn lustvoll an und schien zu allem bereit. Er sah ihre harten Brustwarzen durch den Pyjama schimmern und streift ihr diesen langsam ab. Zum Vorschein kamen zwei wundervolle, pralle Brüste, wie er sie noch nie in natura gesehen hatte. „Wunderschön, du machst mich wahnsinnig, Marianne", stammelte er vor sich hin. Schnell entledigten sie sich aller Kleidungsstücke und sie zog ihn langsam in ihr Bett. Er schmiegte sich an ihren warmen Körper und sein Puls begann zu rasen. „Oh, du bist ja schon richtig in Fahrt." Lächelte sie, als sie seinen steifen Penis fühlte. Sie küsste ihn überall und biß ihn zärtlich in sein Ohrläppchen. Jetzt gab es kein Halten mehr. Adrian streichelte ihren Busen, ihren Po, den Rücken, und alles was er mit seinen Händen erreichen konnte. Marianne stöhnte leise, krallt ihre Finger in seinen Rücken und biß ihn in den Nacken. „Oh Marianne, du bist einfach der Wahnsinn", stöhnte er, und drang endlich in sie ein. Sie duftete so berauschend und ihr Körper war sinnlich feucht, alles glitt wie von selbst, und sie ließ ihn gewähren, wie eine Frau es beim Tango Tanz gewähren lässt und doch auch führt. Ihre Stimme begann zu zittern und sie hauchte ihm zu:

"Ja, ja, Adrian, mach weiter, ich bin gleich soweit! Oh wie schön." Dabei küsste sie ihn am Hals und steckte ihre spitze Zunge in sein Ohr. Das war zuviel für Adrian, er entlud sich in einem wilden Orgasmus. Danach rutschte auf die Seite, streichelte zärtlich ihren verschwitzten Körper und flüsterte: „Das war fantastisch, Marianne" Sie antwortete: „Ich war noch nicht ganz so weit wie du, aber es war trotzdem schön." „Es tut mir leid, Marianne, aber du bist mein erster Akt überhaupt, und so ein scharfes Weib, ich konnte es einfach nicht mehr zurückhalten. Da ich ja noch ein paar Wochen hier bin, werde ich mich bemühen, es besser zu machen, damit du auch auf deine Kosten kommst, versprochen." „Na, dann bin ich ja mal gespannt, mein Süßer." Ein erotisch, sinnliches Lächeln huschte über ihr Gesicht und verschmolz in ihren süßen Grübchen, die ihre beiden Wangen schmückten. „Was für eine tolle Frau dachte Adrian, und wollte gar nicht mehr weg aus diesem Haus.

Das waren die schönsten Wochen, die er bis jetzt in seinem Leben hatte. Er schwebte auf Wolke sieben und hatte den ganzen Tag nur gute Laune. Tagsüber spielte er mit den drei Kindern oder half seinem Bruder bei grafischen Arbeiten, um sich auf seine Umschulung vorzubereiten. Doch dieser sah er jetzt immer skeptischer entgegen. Wenn er gegen Abend zu Marianne ins Zimmer ging, wünschte er sich, dass es für immer so weiter ging. Warum sollte so eine schöne Zeit plötzlich zu Ende sein? Er könnte doch eine Familie gründen und mit seinem Bruder zusammenarbeiten, das wäre doch perfekt.

Doch meistens kommt es anders als man denkt. Die Zeit ging viel zu schnell vorbei, und die Nächte mit Marianne würden ihm bald sehr fehlen. Sie hatten sich oft darüber unterhalten, wie es wohl weitergehen könnte, wenn Adrian in der Umschulung war, und hofften, dass sie die 18 Monate gut überstehen würden.

5. KAPITEL

Dann kam der Tag an dem er Abschied nehmen musste, was ihm nicht leicht fiel, aber die Umschulung in Bad Pyrmont war gebucht, und es gab kein Zurück mehr. Er versprach Marianne, den Kindern und seinem Bruder, dass er in den Schulferien zurückkommen würde. Danach machte er sich mit dem kleinen 500 Fiat auf den Weg in seinen neuen Lebensabschnitt. Die Fahrt auf der Autobahn nach Bad Pyrmont erschien ihm wie eine Weltreise, und der kleine Motor brachte es gerade mal auf 100 Stundenkilometer. Im Windschatten von großen Lastwagen konnte er es manchmal bis auf 110 Stundenkilometer schaffen, aber wenn es einen Berg hoch ging, wurde die gewonnene Zeit wieder verloren. Nach ca. drei Stunden kam er in der Fachschule an und musste gleich den ersten Tiefschlag wegstecken, denn der kleine Motor vom Fiat hatte die wenigen Stunden mit Vollgas nicht überlebt. Nach der Anmeldung in der Schule wurde ihm ein Zimmer bei einer privaten Familie in Bad Pyrmont zugeteilt. Nur die Schwerstbehinderten hatten ein Zimmer im Schulkomplex, aber das war ihm ganz recht, denn er musste sich um einen Motor für sein Auto kümmern. Auf einem Schrottplatz konnte er in den Abendstunden einen gebrauchten Motor ergattern und in den Abendstunden mit Hilfe eines Mechanikers einbauen. Der erste Tag war Neuland für alle Schüler, und ein vorsichtiges Kennenlernen. Manchen konnte man äußerlich keine Behinderung ansehen z.B. Lungen-Tuberkulose, Epilepsie, Tourette Syndrom oder ADHS. Im ersten Moment erschienen alle äußerlich normal, und es brauchte einige Zeit um die Zeichen der Behinderung zu verstehen, oder zu erkennen. Bei den Unfallversehrten war es offensichtlich, denn die kamen im Rollstuhl oder hatten Bein- oder Arm-Prothesen. Es war eine sehr spezielle Schule für besondere Menschen, denn sie waren geistig voll auf der Höhe, aber durch Krankheit oder Unfall etwas behindert, und dadurch ungewollt zu Außenseitern geworden. Alle sechs Monate war es ein Kommen und Gehen, und für Adrian waren es drei Semester, die er hier verbringen sollte. Danach konnte er ein Praktikum machen, oder sich an einer Kunsthochschule bewerben, um weiter zu studieren. Das lag aber noch in weiter Ferne, jetzt wollte er erst einmal Schule und Schüler kennenlernen. In der Eingangshalle hatten sich einige Neuankömmlinge versammelt und warteten auf ihre Einweisung in den Schulalltag. Es war ein vorsichtiges Abtasten, um zu sehen, wer in welche Klasse gehen würde, und was die anderen so für Gebrechen hatten. Die Aufnahmezeremonie dauerte wegen der verschiedenen Behinderungen für jeden unterschiedlich lange. Deshalb hatten die Neuen etwas mehr Zeit zur Verfügung, und so kamen die Schüler ins Gespräch, und manche spielten in der Zwischenzeit eine Partie Schach. Ein Rollstuhlfahrer kam in die Halle gerollt und betrachtete aufmerksam die neuen Schüler. Adrian sah, dass er in seinem Alter war, und sprach ihn an. „Hallo, ich bin der Adrian, wie lange bist du denn schon hier an der Schule?" „Moin, moin, ich heiße Manfred und bin schon sechs Monate hier in der Anstalt." Adrian lachte und sagte: „Moin ist gut, wir haben schon Nachmittag. Habt ihr so lange geschlafen in der „Anstalt"?" Manfred grinste breit und entgegnete: "Im Norden sagen wir zu jeder Tageszeit moin, moin, das ist so ein genereller Gruß bei uns und manchmal fühle ich mich wie in einer Anstalt." „Ok, das werde ich mir merken. Ein ungewöhnlicher Gruß. In welcher Klasse bist du denn hier an der Schule?" „Ich gehöre zu der Abteilung Grafische Zeichner und Fotografie." „Das trifft sich gut", freute sich Adrian und ließ ihn wissen, dass er auch zu dieser Kategorie gehörte. Manfred rollte davon und Adrian wusste, dass er sich mit ihm gut verstehen würde. Dann schaute er sich die Neuen beim Schachspiel an. Einige Schüler standen um die beiden herum und gaben ihre Kommentare ab. „Du musst mit dem Springer nach vorne ziehen, um ein größeres Feld abzudecken!" Ein anderer sagte: "Nein, zuerst muss der Läufer in die richtige Position gebracht werden." Eine kleine Diskussion begann, und ein paar Züge weiter sagt der eine plötzlich: „Schach !" Der andere verdrehte die Augen und kippte zur Seite. „Das haut Dich um was, damit hast Du nicht gerechnet, oder?" Doch plötzlich realisierten alle, dass der andere nicht ohne Grund zur Seite gekippt war. Er hatte einen epileptischen Anfall. Wenige Minuten später war er wieder auf dem Damm und konnte sein Spiel weiterführen und sogar die Partie gewinnen. Er war ein hochgewachsener, blonder, junger Mann, der sich für die Buchdruckabteilung eingeschrieben hatte. Nachdem alle ihren Berufszielen zugeordnet waren, löste sich die Versammlung der Neuankömmlinge auf, und jeder ging seiner Wege. Adrian hatte ein Zimmer außerhalb der Schule bekommen, da seine Behinderung nicht ständiger Kontrolle unterlag. Nicht weit von der Schule, im Seitenweg Nr. 4, hatte er bei einer netten Familie ein Zimmer im Keller bekommen, und lernte dabei seinen Zimmernachbarn Charly kennen, der auch in der Schule, aber in einer anderen Klasse war. Charly war auch Epileptiker und Adrian sollte noch lernen, dass es sehr unterschiedliche Arten von epileptischen Anfällen gab. Am nächsten Tag ging es dann gleich richtig los. Aufsatz, Diktat und Mathematik standen auf dem Lehrplan. Der Ernst der Umschulung hatte begonnen, und es war kein Zuckerschlecken. Spätnachmittags nach der Schule ging er dann in sein Zimmer und begann seine erste Aufzeichnung in seinem Tagebuch. „Heute beginnt für mich ein neuer Lebensabschnitt. Ich habe in den letzten Wochen, bevor ich zur Umschulung kam, bei meinem Bruder Ronald viel gelernt. Vor allen Dingen möchte ich ein erfolgreicher Mensch in meinem Beruf werden. Natürlich ist die Ausführung nicht leicht, aber ich will es schaffen. Ich bin nun in Bad Pyrmont gut angekommen und beginne heute meine 18-monatige Umschulung. Damit beginne ich auch dieses Tagebuch. Ich werde alles Negative was ich zuhause erlebte, vergessen, und wende mich nun einem positiven Vorwärtskommen in meinem Leben zu. Zu meiner erfreulichen Seite meines Lebens gehört auch Marianne. Sie ist das erste Mädchen, von dem ich sagen kann, dass ich sie liebe und vermisse. Sie hat mich immer positiv beeinflusst. Wenn alles gut geht, werden wir die 18 Monate überstehen, und dann steht einer Hochzeit nichts mehr im Wege. Diese Zeilen sind meine tiefsten, geheimsten Gefühle, in denen ich nur die reine Wahrheit schreiben werde." Adrian fühlte sich etwas ausgebrannt und manchmal auch einsam. Das Tagebuch half ihm seine Emotionen in Worte zu fassen, und damit auch ein wenig diese zu kontrollieren. Seine Gedanken gingen zurück in das Haus am Waldrand von Steinberg, wo Marianne lebte und er betrachtete das kleine Foto, welches er von ihr bekommen hatte. Es würde wohl noch eine Weile dauern, bis er sich hier eingelebt hatte, und die Sehnsucht nach Marianne abgeklungen war. „Das Beste wird es wohl sein", dachte Adrian, „wenn ich mich auf die Arbeit stürze und alles neue, was ich zu lernen habe, zu meiner eigenen Zufriedenheit ausführe. Dann habe ich weniger Zeit zu grübeln, und mich einsam zu fühlen." Gesagt, getan, und mit diesen Gedanken ging er an die Arbeit in der Schule.

Ein paar Wochen später war die Sehnsucht nach Marianne so groß geworden, dass er sich an einem verlängerten Wochenende auf den Weg in Richtung Heimat machte. Der kleine Fiat fuhr die wenigen Stunden bis nach Offenbach gut durch und kam bis vor die Haustür seiner Eltern im Starkenburgring. Genau hier gab es ein krachendes Geräusch, und auch dieser kleine Motor gab seinen Geist auf. Kolbenfresser! Jetzt hatte Adrian die Nase voll. Leise dachte er vor sich hin: „Ich brauche jetzt schnell einen zuverlässigen Wagen mit einem robusten Motor, am besten einen Diiesel der auch mal ein stundenlanges Fahren aushält." Auf dem Schrottplatz bekommt er nur noch wenige Deutsche Mark für den kleinen Italiener, und damit

schwanden seine Aussichten, ein gutes gebrauchtes Auto zu bekommen.
Doch er hatte Glück im Unglück, denn sein Bruder Thomas hatte einen
Kollegen bei der Polizei, der einen alten Mercedes 180 Diesel verkaufte. Ein
sparsamer, robuster Wagen, der seit 1953 gebaut wurde und der erste Ponton
mit selbsttragender Karosserie war. Im gleichen Jahr wurde damals die
Königin von England gekrönt und ein neuseeländischer Bergsteiger namens
Edmund Hillary gelang im Mai 1953 die Erstbesteigung des höchsten Berges
der Erde, dem Mount Everest. Inzwischen waren 16 Jahre vergangen, und
Adrian war stolz, diesen alten Mercedes mit 40 PS fahren zu können. Aber
das Beste an diesem Fahrzeug war, man konnte es auch mit Heizöl fahren.
Der Dieselpreis lag im Moment bei stolzen 56 Pfennigen, aber der
Heizölpreis nur bei niedrigen 16 Pfennig. (Umgerechnet in Euro im Jahr 2017
wären das gerade mal 8 Cent pro Liter!) Sein alter Freund Norbert hatte
einen Bekannten, der einen Schrottplatz betrieb, und diesen mit Heizöl
heizte. Dort konnte Adrian seinen Wagen mit 10 Pfennig pro Liter volltanken
und nahm sich noch einen 20-Liter Kanister mit auf den Weg. Mit dieser
Sparbüchse ausgestattet, fuhr er zu seinem Bruder Ronald nach Steinberg,
und die Freude war groß bei den Kindern und Marianne. Doch es blieb ihm
nur eine flüchtige Nacht, dann musste er sich wieder auf den Weg machen.
Am nächsten Morgen ging es los und nach wenigen Stunden war er wieder
in Bad Pyrmont. Der Motor hatte trotz Vollgas den ganzen Weg
durchgehalten, ein großes Erfolgserlebnis. Mit diesem Mercedes Modell W
120 konnte Adrian auch mal mit seinen Klassenkameraden einige Ausflüge
machen, weil er so robust und sparsam war. Mit Manfred, dem
Rollstuhlfahrer war das auch kein Problem. Der Rollstuhl wurde in den
geräumigen Kofferraum gepackt, und sie fuhren oft in Richtung Hameln ins
Grüne, um Fotos in der Natur zu machen. Dabei kam es auch mal vor, dass
sie beide übermütig wurden und sich mit dem Rollstuhl in schwieriges

Gelände wagten. Adrian schob ihn einen abfallenden Hügel hinunter, und konnte die zunehmende Geschwindigkeit nicht mehr stoppen. Es endete damit, dass Manfred aus dem Rollstuhl flog und Adrian neben ihm landete. „Hast du dir weh getan, Manfred?" „Ich glaube nicht, aber ich kann es auch nicht sagen, weil ich von der Hüfte an gelähmt bin und nichts spüren kann, du Töspattel!" Er grinste vor sich hin, und Adrian war erleichtert, es war Gott sei Dank kein schlimmer Sturz. Dann machte er sich auf den Weg, den Rollstuhl, der sich selbstständig gemacht hatte, wieder einzufangen. Danach half er Manfred wieder in den Stuhl, und sie kämpften sich den Weg zurück zum Auto. Von da an hatte sich ihre Freundschaft richtig gefestigt, und sie hatten einige schöne Ausflüge zusammen. Auch die gelegentlichen Ausflüge mit der ganzen Klasse festigte die Freundschaft zwischen den meisten Schülern.

Nach mehrmaligen Besuchen in Offenbach und Steinberg kamen dann doch in kurzer Zeit einige Kilometer in seinem Mercedes zusammen. Alle zwei Wochen schaute Adrian nach dem Kühlwasser und dem Motoröl und fuhr munter drauf los. Er war begeistert über die Lebensdauer des kleinen Diesels. Als er wieder einen kleinen Ausflug mit Manfred in der näheren Umgebung von Bad Pyrmont machte, gab es auf einmal einen Knall, und er bemerkte, am Vorderrat hatte er einen Plattfuß. Adrian begann den Wagenheber auszupacken, und in Gedanken suchen nach einer Erklärung. „Bin ich vielleicht in einen Nagel oder eine Glasscherbe gefahren?" Als er sich den Reifen näher betrachtete, bemerkte er einen weißen Streifen rund um die Lauffläche. „Was ist denn hier los, bin ich womöglich in eine weiße Farbe gefahren?" Er hatte sich seit dem Kauf des Fahrzeuges noch nie um das Profil des Reifens gekümmert. Da war keine einzige Rille mehr zu sehen, kein Profil, Schreck lass nach, also es sah eher aus wie der Reifen eines Rennwagens. Er hatte nur noch eine Art „Slicks" an seinem Auto. Die vielen

Fahrten hin und zurück, von Bad Pyrmont nach Steinberg, hatten die Reifen schwer mitgenommen und das weiße Band war einfach nur die Karkasse des Reifens, die sich nach dem Abrieb des Gummis zeigte. „Junge, Junge. Schock lass nach, da hast du noch mal Glück gehabt, dass nichts Schlimmeres passiert ist", meinte Manfred und war etwas besorgt. „Ich bin nur froh, dass uns die Polizei nicht dabei erwischt hat", meinte Adrian. Reifenprofil und Reifendruck sind eben genauso wichtig, wie Wasser und Öl nachschauen, das war ihm jetzt klar, und er fühlte sich etwas schuldig seinem Freund und auch seinem alten 180 ziger gegenüber. Das sollte ihm nicht wieder passieren, schwor er sich, und er besorgte sich schnell einen Satz gebrauchte Reifen beim örtlichen Schrotthändler. Der alte schwarze Mercedes war ihm ans Herz gewachsen. Das lange Vorglühen vor dem Start und das schütteln der Karosserie danach waren ein Ritual, was ihm viele schöne Stunden beschert hatte. Die vielen Fahrten ohne jegliche Schwierigkeiten und das gleichmäßige Brummen des Dieselmotors, gaben ihm ein gutes Gefühl und machten den Wagen zu einem zuverlässigen Partner.

Nach ein paar Wochen ohne die Möglichkeit eines Besuches in Steinberg, bekam Adrian einen lang ersehnten Brief von Marianne:
„Lieber Adrian,
zuerst möchte ich mich für Deinen Brief bedanken. Von wegen, es fällt Dir schwer die richtigen Worte zu finden. Gib Dir einfach Mühe, und denk daran, an wen Du schreibst.
Wann Du eventuell kommen kannst, hast Du nicht geschrieben. Oder wird es nun länger dauern? Anscheinend hast Du wenig Lust, und es wird nicht so bald sein, aber hoffen kann ich doch, oder? Du wirst es schon wissen und mir mitteilen. Nach dem, wie Du schreibst, scheinst Du viel Arbeit zu haben, aber die Hauptsache ist, Du lernst viel und machst Deine Sache gut. Hast

Du Dich schon ein wenig eingewöhnt? Mach mir keine Dummheiten und verrenke Dir nicht Deinen Kopf nach den schönen Mädchen. Es wird langsam spät, manchmal weiß ich selbst mit mir nichts anzufangen. Das Endresultat ist, ich gehe früh ins Bett.

Ach ja, stell Dir vor, gestern, am 13.10., war Dein Bruder Frank hier, Ronald und seine Frau erzählten mir, dass er angerufen hätte und gleichzeitig anfragte, ob er vorbeikommen könne. Nach kurzer Zeit trudelte er dann ein. Er benahm sich sehr seltsam. Dann gab er die Schallplatten von Deinem Bruder Volker zurück. Jetzt kommt das Allerschönste – er verlangte den Plattenspieler und Schallplatten von Dir! Er meinte, da ja Ronald das Gerät und die Platten nicht bräuchte, und Du in Bad Pyrmont wärest, könne er ja alles mitnehmen. Daraufhin sagten beide, dass Du die Sachen fein säuberlich verpackt und verstaut hättest, bis Du wieder zurück wärest. Sie könnten ihm nichts anderes sagen, gut was?

Demnach zu urteilen, scheint er von jemanden beauftragt worden zu sein, oder hast Du die Erlaubnis gegeben? Von mir bekommt keiner einen Plattenspieler oder Platten, es sei denn Du wünschst es, was ich nicht annehme. Aber überleg doch mal was hinter Deinem Rücken hier passiert, jetzt bist Du platt was ? Wie war eigentlich die Reaktion der Familie als Du den letzten Sonntag dort warst?

Ich hoffe auf baldige Antwort von Dir.

Viele Grüße und Küsse von

Deiner Marianne

Was war da los zu Hause? Hatte seine Familie ohne sein Wissen seinen jüngsten Bruder geschickt, um seine Sachen abzuholen, um so einen Keil zwischen Marianne, Ronald und ihm zu treiben? Es kamen immer wieder Briefe von seinen Eltern und Brüdern, die ihn beschuldigten, verschwenderisch zu sein und ihn ermahnten, sparsam zu sein. War es wegen des Fiat 500, mit dem er zwei Motoren verheizt hatte, oder wegen des alten Mercedes 180 der vier gebrauchte Reifen benötigte? Er hatte ja immer sein ganzes Geld als Lehrling abgeben müssen, als er noch zu Hause gewohnt hatte. Aber jetzt war die Situation eine andere, denn er wohnte nicht mehr zu Hause und brauchte sein monatliches Geld für sich selbst. Die Umstellung, dass er sein Geld nicht mehr monatlich abgab, viel der Familie anscheinend schwer. Sie hatten sich daran gewöhnt, dass er sein Einkommen bei ihnen abgeben musste. Oder war es vielleicht auch der Verlust, über ihn bestimmen zu können? Zum Beispiel sendet sein Vater einen Brief mit den folgenden Worten:

„Lieber Adrian,

Heute habe ich Dir die Unfallrente von 87.- DM überwiesen, eine Mark macht das Porto, was ich Dir abgezogen habe. Gleichzeitig teile ich Dir mit, dass ich die hohe Summe von 73.- DM für Telefongebühren zahlen musste. Wie mir mitgeteilt wurde, hast Du Ferngespräche geführt, um deren Rückzahlung ich bitten muss.

Herzlichst, Dein Vater"

Das hat Adrian doch sehr getroffen, denn sparsamer als er im Moment auszukommen versuchte, konnte man gar nicht leben, und Ferngespräche hatte er beim letzten Besuch in Offenbach auch nicht geführt. Er hatte lediglich Ronald in Steinberg angerufen, damit Marianne bescheid wusste, wann er kommen würde, aber dieses Gespräch gehörte zum Kreis Offenbach. Wer hatte ihn also so hinterhältig bei seinen Eltern denunziert? Es wohnten nur noch zwei seiner Brüder bei seinen Eltern, Volkmar und Frank. Wollte man wirklich seine Verbindung mit Ronald, Marianne und ihm, torpetieren? Was hätten sie davon, er würde ab jetzt sowieso seinen eigenen Weg gehen. Hoffentlich ließ sich Marianne nicht von solchen Beschuldigungen beeinflussen. Eine Fernbeziehung war einfach schwierig, und konnte leicht zerbrechen. Ohne eigenes Telefon und nur mit Briefen Kontakt halten, war ein mühsames Unterfangen. Diese Gedanken schrieb er noch in sein Tagebuch, dann fiel er müde in sein Bett.

In der Schule gab es jetzt jeden Mittwoch Nachmittag frei, und Adrian benutzte diese Nachmittage, um die nähere Umgebung kennen zu lernen oder im Schlosspark von Bad Pyrmont spazieren zu gehen. Es machte den Kopf frei, und man konnte die Natur mit der Kamera festhalten. Wenn man Geduld hatte und die Hand mit Vogelfutter ausstreckte, kamen sogar die Rotkelchen bis auf die Hand geflogen. Dies ließ ihn erst einmal alle Probleme vergessen.

In den folgenden Tagen in der Schule begannen die Freihandzeichnungen, und Adrian bemerkte, dass sein Auge dadurch gut geschult wurde, um Perspektive und Proportionen richtig umzusetzen. Danach wurden die Aufgaben immer schwieriger, und es kamen Farbenlehre und verschiedene Techniken hinzu. Alle Schüler begannen sich eine „Sondermappe" zuzulegen, die genau den Ausmaßen von DIN A 1 entsprach. Dort wurden alle Arbeiten wie Zeichnungen, Aquarelle, Acryl und Ölkreidezeichnungen gesammelt und für spätere Bewerbungen aufgehoben. Einige Techniken wurden in der Druckerei erlernt. Z.B. der Monotype. Dazu wurde ein Lithographiestein in der Größe von DIN A 3 mit einer Gummiwalze hauchdünn mit Druckerfarbe eingewalzt, und darauf legte man vorsichtig ein Papier von DIN A 2 damit ein Rand übrig blieb. Dann gab jede Berührung, die mit Bleistift oder auch dem Finger erzeugt wurde, einen Abdruck auf der anderen Seite, also spiegelverkehrt. Mit ein wenig Übung entstanden wunderschöne, einmalige Drucke (Monotype). Die anderen Techniken wurden auch in der freien Natur geübt, und natürlich kamen auch Grundlagen wie der goldene Schnitt und die verschiedenen Stilrichtungen der berühmten Maler im Unterricht vor. Wenn die Schüler alle stundenlang an ihren Bildern arbeiteten, war der Lehrer oft eine ganze Stunde abwesend. Das nutzten die Schüler natürlich für allerlei Unfug aus. Da war z.B. Helmut, der ein Bein verloren hatte, und mit seinem Holzbein so gut wie es ging, zurechtkommen musste. Adrian und Helmut hatten sich schnell angefreundet, und wenn der Lehrer mal länger fort war, gab es auch mal eine kleine freundliche Keilerei, die dann auf dem Boden des Klassenzimmers ausgetragen wurde. Da flogen auch mal ein paar Stühle um, und Tische wurden verschoben. Dabei kam es vor, dass Helmut sein Bein im Kampfgetümmel verlor. und es über den Boden schlittert, Dann rief er laut: „Das ist unfair, Adrian, gib mir sofort mein Bein wieder zurück", und hüpfte auf einem Bein herum wie Rumpelstilzchen, bis Adrian wieder mit dem Bein zurück kam und ihm half, es anzuschnallen. Dabei wurde natürlich verbal weiter gefrotzelt, „Du musst auch auf deine Gliedmaßen aufpassen, wenn du dich mit einem Champion einlässt, ha, ha!" Darauf kam gleich die Antwort von Helmut, „Ja, ja, du Pilzkopf mit zwei normalen Beinen, wenn du Champion sein willst, dann mach erst mal so gute Musik wie die Pilzköpfe!" Darauf erwiderte Adrian:" Das sind doch keine Pilzköpfe, die Beatles, das sind doch nur Käfer, ha, ha...", bis ein Schüler die Warnung ausrief: „Achtung der Alte kommt!", sogleich saßen alle wieder friedlich vereint am Schreibtisch und waren in ihre Arbeit vertieft. Aber es gab auch Schüler, die ihre Behinderung nicht unter Kontrolle hatten, und so kam es öfter vor, dass der Lehrer vorne am Tisch saß, und die Ruhe plötzlich durch laute Schläge unter einem Tisch gestört wurden. Manfred, der Rollstuhlfahrer hatte manchmal, wie viele andere im Rollstuhlfahrer, spastische Zuckungen in seinen Beinen und dadurch wurde unkontrolliert und aus heiterem Himmel, gegen die Holzwände unter dem Tisch geschlagen. Dann schaute er immer etwas Schuldbewusst in die Runde, als wäre es ihm peinlich, die Ruhe mit seinem gepollter gestört zu haben. Aber alle Schüler kannten ja in der Zwischenzeit diese unkontrollierbaren Zuckungen und hatten sich an die täglichen Geräusche gewöhnt. Dann kippte mal ab und zu einer vom Stuhl, weil er einen epileptischen Anfall hatte, aber für diesen Fall stand im Klassenzimmer immer eine Liege bereit. Das konnte unterschiedlich viel Zeit in Anspruch nehmen und gehörte zu den täglichen Vorkommnissen. Oder Wolfram, der plötzlich einen Schwall von Flüchen durch das Klassenzimmer schrie, wenn er seinen Tics bekam. Unter Tics beim Tourette-Syndrom versteht man spontane, zuckende Bewegungen, kleine Schreie oder Wortäußerungen, die ohne den Willen des Betroffenen zustande kommen. Man könnte es bei normalen Menschen mit einem Schluckauf vergleichen, der kommt auch unangemeldet und lässt sich nur schwer kontrollieren. Die Worte, die dabei herauskommen, sind meistens vulgär und beleidigend. So schrie Wolfram auch des Öfteren: „Spitz, Fotz, fick dich!" oder auch: „Scheiß Arschloch!" Dabei schmiß er seinen Kopf zur Seite und zuckte mit den Händen. Er verkleckerte dabei nur wenig Farbe, was schon sehr erstaunlich war. Machte man sich etwas lustig, wurden die Ausbrüche heftiger.

Dann war da noch Silvia, sie war auch im Rollstuhl, aber sie konnte nur noch die Hände und ihren Kopf bewegen, der Rest war komplett gelähmt. Adrian bewunderte ihren Lebenswillen und ihr beharrliches Verlangen, noch etwas zu lernen - sei es nur mit dem Mund zu malen. Sie hatte einen besonderen Platz im Klassenzimmer damit sie mit ihrem Rollstuhl direkt bis an ihren Arbeitsplatz fahren konnte. Ihr Rollstuhl war elektrisch gesteuert, mit einem kleinen Hebel auf der Armlehne konnte sie diesen mit ihren Fingern bedienen, und damit dicht an die Leinwand fahren. Dort hatte sie verschiedene Pinsel platziert, die sie mit ihrem Mund erreichen konnte, und malte damit erstaunlich schöne Bilder. Adrian und alle anderen Schüler waren immer bereit, ihr ein wenig zur Hand zu gehen, wenn sie neue Farben oder eine neue Leinwand brauchte. Menschlichkeit und Hilfsbereitschaft wurde groß geschrieben in der Klasse.

Dann war da noch Hans, auch im Rollstuhl der eine Gitarre mitgebracht hatte und gerne mit Adrian nach der Schule musizierte. Es waren viele verschieden Schicksale in dieser Klasse vereint und das schweißte zusammen. Junge und Ältere beiden Geschlechts, Schwerstbehinderte und leicht körperlich Versehrte, eine Konzentration von kranken und unfallbeschädigten Menschen, die aber alle geistig auf der Höhe waren, aber deren Mitmenschen sie zu Außenseitern machten. Wenn jemand nicht mehr den normalen Maßstäben entsprach, wurde er für minderwertig erklärt. Auch Robert gehörte dazu. Ein sehr intelligenter Mann mittleren Alters, der bei einem Unfall beide Hände verloren hatte. An seinen Unterarmen hatte er eine Art Stulpe montiert, mit der er wie eine Zange zugreifen konnte. Damit konnte er verschiedene Gegenstände anfassen und auch malen. Für Normalbürger hört sich das wohl alles schrecklich an, aber es war eine Klasse, die einmalig auf dieser Welt war, und für Adrian die schönste die er kennenlernen durfte, denn es würde diese Zusammenstellung in dieser Form so nie wieder geben. Er hatte alle Schüler in sein Herz geschlossen und war emotional mit ihnen verbunden. Wenn er sich mit Hans nach der Schule traf, waren das solche emotionalen Momente. Sie sangen und spielten alte Volkslieder und auch neuere Songs wie „House of the rising sun" von den Animals, oder „Hey Jo" von Jimi Hendrix. Dabei konnte Adrian feststellen, dass seine Gefühle immer in Richtung Balladen wanderten. Sein ganzes Gefühlsspektrum drehte sich immer wieder um langsame, melancholische Lieder. Seine Kreativität erwachte, und so entstanden seine ersten selbstkomponierten traurigen Lieder.

Und da war natürlich Charly sein Zimmernachbar, ein Epileptiker der mit ihm im Keller von Familie Vorsorge lebte. Die Familie hatte in ihrem

Einfamilienhaus mehrere Zimmer für die Schule bereitgestellt. Charly und Adrian hatten sich für den Keller entschieden, weil sie dort ungestört ein- und ausgehen konnten, und gleich neben ihrem Zimmer ein kleines Bad für sich hatten. Nach der Schule saßen sie oft bis lange nach Mitternacht zusammen und diskutierten über Gott und die Welt. Dabei lernten sie sich immer besser kennen, und es entstand eine intensive Freundschaft trotz unterschiedlichen Alters. An einem schönen Sommertag machte die ganze Klasse einen Ausflug ins Grüne, um Freilandzeichnungen zu machen. Da mussten auch immer ein kleiner Transportwagen für die Rollstuhlfahrer mit dabei sein, denn ohne diese Hilfe wäre die Teilnahme für sie nicht möglich gewesen. In der näheren Umgebung gab es schöne Landschaften mit offenen Wiesen, kleinen Waldstücken und einem Teich. Als alle Schüler ausgestiegen waren und ihren Standpunkt gefunden hatten, verabschiedete sich der Klassenlehrer. Er wollte nach einer Stunde wieder nach dem rechten schauen und die Zeichnungen begutachten. Das war natürlich die Gelegenheit für alle, sich nun ungezwungen zu benehmen und mal die Seele baumeln zu lassen. Dabei war genügend Zeit, recht ausgelassen viel Blödsinn zu machen. Adrian schob Manfred gemütlich am Teich entlang, da entdeckten sie in einer eingezäunten Wiese eine alte, verzinkte Badewanne, die als Wassertrog für Kühe diente. Manfred meinte: „Die könnte auch schwimmen, wenn sie Wasser hält, oder?" Adrian rief Charly: „He, Charly, schau mal die Badewanne! Wenn die das Wasser dicht hält, sollte sie auch ohne Wasser schwimmen, meint Manfred. Was meinst du, wollen wir es mal ausprobieren?" Charly kam langsam näher und musterte die Wanne. „Ok, lass es uns probieren. Mal sehen ob er Recht hat." Sie hoben die Wanne über den Zaun, trugen sie zum Teich und ließen sie ins Wasser. Die Wanne schwamm wie ein Paddelboot. Adrian fand in der Nähe einen Spaten, welcher als Paddel dienen sollte. Vorsichtig stieg er in die Wanne, und sie trug ihn tatsächlich. Er paddelte langsam bis in die Mitte des Teiches, und alle Schüler machten Fotos und lachten über diesen irrwitzigen Auftritt. Die Wanne schaukelte zwar etwas hin und her, aber mit ein wenig Gleichgewichtsgefühl und dem Spaten als Paddel, ging es einigermaßen gut und Adrian kam wieder bis ans Ufer ohne Nass zu werden. „Jetzt lass mich mal probieren", rief Charly begeistert, und ist als nächster in der Wanne. Er steuert sofort die Teichmitte an. Einige Schüler waren besorgt und riefen ihm zu, er solle doch besser zurückkommen, da der Lehrer jeden Augenblick wieder zurück sein würde. Doch Charly ignorierte alle Stimmen und paddelte weiter ungestüm über den Teich. Etwas zu ungestüm, denn beim paddeln mit dem Spaten kam er etwas ins Wanken, und die Wanne füllte sich schnell mit Wasser. Bevor er das rettende Ufer erreichen konnte, war die Wanne untergegangen, und man konnte nur noch den Kopf von Charly über der Wasseroberfläche tanzen sehen. Das laute Gelächter verstummte urplötzlich, und der Alte (Lehrer) steht am Ufer. „Wer hat diese Badewanne in den Teich gelassen?" Adrian antwortete verlegen: „Wir wollten nur mal sehen, ob die auch wirklich schwimmt." Charly wollte gerade ans Ufer klettern da rief der Alte: „Halt, Sie bleiben schön wo Sie sind, und Sie Adrian, gehen mit ins Wasser und holen die Wanne wieder zurück!" Adrian zog sich schnell bis auf seine Unterhose aus, und sprang zu Charly ins Wasser. Er hatte sich die Stelle, wo die Wanne untergegangen war, gut gemerkt, und beide versuchten nun dort, nach der Wanne zu tauchen. Nach wenigen Versuchen kamen sie mit der Wanne an die Oberfläche und versuchten die Wanne irgendwie zum Schwimmen zu bekommen. Leider ohne Erfolg, deshalb wurde sie nur hinterher gezogen und schließlich von beiden ans Ufer gebracht. Der Klassenlehrer hatte amüsiert zugeschaut und konnte sein grinsen kaum verbergen. Die Schüler machten noch einige Aufnahmen vom Tatort, und dann ging es zurück in die Schule.

Solche Ereignisse brachten Manfred, Charly und Adrian noch enger zusammen, und es entwickelte sich ein freundschaftliches Vertrauensverhältnis. Dieses Verhältnis führte dazu, dass sie sich ihre intimsten Geschichten erzählten, und eine der Geschichten von Charly war die über seinen Vater, die er Adrian erzählte: „Mein Vater hat mich schon als Kind misshandelt", erzählte er, „Er war ein jähzorniger Tyrann, der oft betrunken nach Hause kam, und alle in der Familie hatten dann Angst vor ihm. Wenn ich den geringsten Fahler machte, zog er seinen Ledergürtel aus der Hose und schlug mich windelweich. Dabei schrie er immer: „Warum heulst du denn nicht, tut es dir nicht weh genug!?" Aber ich habe die Zähne zusammengebissen und ihm nicht den Gefallen getan, zu jammern. Leider ist das oft vorgekommen, und ich habe im Laufe der Zeit einen tiefen Hass auf ihn entwickelt, den ich aber nicht zeigen konnte, und das machte den Hass noch schlimmer. Zum Schluss steigerte es sich in eine enorme Lust ihn zu ermorden. Kannst du dir das vorstellen?" Adrian war geschockt und versucht, die richtigen Worte zu finden. „Das war ja eine schlimme Kindheit! Wie bist du denn aus dieser Geschichte heil herausgekommen?" Charly rückte sich seine Brille zurecht, und seine Augen leuchteten wild. „Als ich etwas älter und ihm körperlich nicht mehr unterlegen war, faste ich den Entschluss, ich bring das Schwein jetzt um." Er hatte sich nun etwas in Rage geredet, und man konnte den Hass in seinen Augen aufblitzen sehen. Das war Adrian ein wenig unheimlich, doch er wollte wissen, wie die Geschichte ausging. „Eines Abends als er mich wieder mit seinem Ledergürtel verprügelt hatte, fasste ich spontan den Entschluss, heute Abend werde ich ihn töten." Charly grinste durch seine Brille und sah dabei etwas teuflisch aus, als freute er sich auf seine nächsten Worte. „Dann bin ich in den Keller gegangen und habe eine Axt mit auf mein Zimmer genommen. Danach wartete ich eine halbe Stunde in der Dunkelheit, bis ich seine Schritte auf der Treppe hörte. Ich stellte mich hinter die Tür, mit der Axt fest im Griff. Ich hatte mich ja an die Dunkelheit gewöhnt und war fest entschlossen, ihm die Axt über den Schädel zu ziehen. Die Tür ging langsam auf, und mein Vater starrte in das dunkle Zimmer, es fehlten nur zwei kleine Schritte. Ich hatte die Arme schon gehoben und war bis aufs äußerste gespannt. Doch plötzlich, ohne ein Wort zu sagen, drehte er sich um und schloss die Tür. Ich war wütend und gleichzeitig erleichtert, kannst du das verstehen?" „Na klar versteh ich das, aber sei froh, dass es so ausgegangen ist, sonst wärst du heute nicht hier zur Umschulung, sondern im Knast." Das Vertrauen, welches Charly ihm entgegen brachte, wurde ihm langsam unheimlich und vergrößerte sich noch, nachdem Charly ihm eine weitere Geschichte anvertraute unter der Bedingung, absolutes Stillschweigen darüber zu bewaren. Er hätte noch nie jemanden davon erzählt, nicht einmal seiner eigenen Frau. Diese Geschichte war der Hammer und er erzählte sie wie folgt: „Ich hab schon viel Mist gebaut in meinem Leben, aber einmal hab ich aus Geldmangel einen dicken Bock geschossen. Das muss aber unter uns bleiben Adrian, weil ich dafür heute noch bestraft werden könnte, ok?" „Kein Problem ich schweige wie ein Grab." „Wie gesagt, ich habe ja Frau und Kinder, und aus finanziellen Gründen bin ich dann abends als Zweitjob noch an eine Tankstelle arbeiten gegangen. Leider hat das auch nicht viel geholfen, und ich war in eine dramatischen finanziellen Situation. Als ich nicht mehr weiter wusste, hatte ich eines Abends die zündende Idee, wie ich schnell an Bares kommen könnte." Adrian schaute ihn fragend an: „Ja, und was hast Du denn gemacht?" „Ich habe an einem Abend, als die Kasse so richtig voll war, den Entschluss gefasst, die Zapfsäule, die das meiste Benzin verkauft hatte, einfach zurückzudrehen. Dadurch hätte ich das ganze Geld einstreichen können und niemand hätte etwas gemerkt." Adrian ist überrascht: „Mach kein Scheiß, hast du das wirklich gemacht?" „Ich habe die Zahlen von Eins bis Zehn auf der Drehscheibe manipuliert, also zurückgedreht, und hab das Geld eingesteckt, damit ich bei meiner Bank den Kredit zurückzahlen konnte. Aber leider ist mir dabei ein kleiner Fehler unterlaufen, denn die Uhr war bei der Manipulation von mir zu weit zurück gedreht worden. Auf einmal hatte ich 1000 Liter weniger auf der Uhr, als ich sie am Abend übernommen hatte, und sie ließ sich ums verrecken nicht mehr nach vorne stellen bis in den Bereich, als ich die Schicht übernommen hatte." Entsetzt fragt Adrian: „Ach du heilige Scheiße, und was hast du dann gemacht?" „Ich habe etwas mehr als 1000 Liter Benzin in den Gulli laufen lassen, damit ich wieder auf die richtigen Zahlen komme würde, wie ich sie übernommen hatte, sonst wäre ich aufgeflogen." Adrian: „Bist du wahnsinnig? Hat das denn keiner bemerkt? Das muss doch gestunken haben wie Sau, und was, wenn jemand eine Zigarette weggeworfen hätte, dann wäre dir alles um die Ohren geflogen!" „Ich hab natürlich den Wasserschlauch aufgedreht und mit in den Gulli gelegt, das hat dann auch weniger nach Benzin gestunken." „Meine Fresse Charly, wie ist es denn ausgegangen?" „Du kannst dir ja vorstellen, was ich da durchgemacht habe, die Angst im Nacken, aufzufliegen, aber das Geld habe ich behalten, und es hat mir den Engpass bei der Bank verhindert. Kurze Zeit später habe ich dann den Job hingeschmissen, und mir eine andere Nebenbeschäftigung gesucht. Nach einigen Monaten habe ich dann gehört, man hätte bei der nächsten Lieferung ein Defizit festgestellt. Angeblich hätten bis zu 6000 Liter gefehlt. Danach kam ein Sachverständiger und hat genaue Messungen durchgeführt und anschließend kam ein Bautrupp und hat den Boden aufgerissen und den unterirdischen Tank ausgebaut, um ihn auf undichte Stellen zu prüfen. Aber auf mich sind die nie gekommen." „Und niemand hat die manipulierten Zahlen an der Zapfsäule bemerkt?" „Nö, die konnten sich wohl keinen Reim daraus machen." Charly lacht laut heraus. Adrian meint: „Da hast du aber noch mal Schwein gehabt, mein lieber Scholli." „Das kann man wohl sagen, denn es hätte auch schief laufen können." Charly grinst schadenfroh, schwieg dann einen Moment und rauchte genüsslich eine Zigarette. Dann sagte er: „Ja, ja so war das und du bist der erste Mensch dem ich dieses Husarenstück anvertraut habe, also behalte es für dich, ok." In den Worten „behalte es für ich ok" lag eine leichte Drohung, die Adrian nicht gefiel, und es waren noch andere Verhaltensweisen, die ihn zur Vorsicht mahnten. Jedes mal wenn Charly spürte, dass ein epileptischer Anfall im Anflug war, sperrte er sich in sein Zimmer ein und kam erst danach wieder völlig erschöpft zum Vorschein. Das hatte Adrian schon oft erlebt, und er wollte diesem Verhalten auf den Grund gehen. Auf seine Nachfrage gab ihm Charly folgende Antwort: „Ich möchte nicht, dass mich Leute sehen, wenn ich Schaum vor dem Mund habe und verkrampft herumzucke, das ist kein schöner Anblick. Außerdem habe ich das Gefühl, dass ich unzurechnungsfähig und gewalttätig werde könnte, obwohl ich mich danach an nichts erinnern kann." „Aber du musst doch wissen, ob du schon einmal jemanden bedroht oder verletzt hast?" „Ich glaube ich bin zu allem fähig wenn ich in diesem Ausnahmezustand bin." Er lächelte durch seine große Brille, und da war wieder, dieses teuflische grinsen, was Adrian etwas Sorgen bereitete. Ob er wohl Gefallen daran fand, dass manche Menschen ihn als unheimlich empfanden, fragt sich Adrian, und als ob er seine Gedanken erraten hätte, fügte er hinzu: „Ich hab in diesem Zustand übermenschliche Kräfte, wie ein Zombie." Er lacht lauthals los, und Adrian war etwas verunsichert. „Also, mal im ernsthaft, wenn du wissen willst, was mit dir passiert, bleib ich mal in deinem Zimmer, wenn Du einen Anfall bekommst, und berichte dir danach wie es war." Nach kurzem Zögern sagte Charly dann: „Ok, aber auf dein eigenes Risiko." Adrian fragt: „Wie macht sich das bei dir bemerkbar?" „Eigentlich fühlt es sich an, wie kurz vor einer Ohnmacht, wie ein Schwächegefühl etwas schwindelig."

Einen Tag später war es dann soweit. Charly sagte: „Ich muss mich jetzt hinlegen, bis es vorbei ist, also pass auf oder verschwinde jetzt aus meinem Zimmer." Adrian setzte sich auf einen Stuhl und behielt Charly im Auge. Tatsächlich war es kein schöner Anblick, wenn ein Anfall kam. Charly verdrehte die Augen und bekam einen roten Kopf, als ob er jeden Moment ersticken würde. Der Mund war halb offen, und Schaum stand auf den Lippen. In diesem Zustand wollte er plötzlich aufstehen, doch Adrian versuchte ihn zu beruhigen und wieder aufs Bett zurück zu drücken. Dabei bemerkte er, was für enorme Kräfte so ein Anfall verursachen konnte. Charly hatte jetzt die Augen offen, und sein verzerrtes Gesicht zeigte eine Mischung aus Grinsen und Entsetzen, ein Horrorgesicht. Sein Kopf war nun aschgrau und bleich, nur die rot unterlaufenen Augen stachen heraus, ein gruseliger Anblick. Plötzlich griff Charly mit einer schnellen Bewegung nach Adrians Hals und drückte zu. „Scheiße, jetzt muss ich aber schnell und hart durchgreifen, bevor das hier noch aus dem Ruder läuft und böse endet", schoss es Adrian durch den Kopf. Es bedurfte aller seiner Kräfte, um die Finger von seinem Hals zu lösen und ihn wieder auf sein Bett zu drücken. Wenige Minuten später bemerkte er, wie sich Charly entspannte und wieder eine normale Gesichtsfarbe bekam. Er schien verwirrt und erschöpft zu sein. Nach ein paar Minuten Stille sagte Adrian: „Mensch Charly, das war ja ein Höllentrip, den du da hingelegt hast, du hast mir ganz schön Angst gemacht." „Ich hab dir ja gesagt, auf deine eigene Verantwortung." „Ok, ich glaube es wirklich, du solltest dich demnächst besser wieder einschließen, damit nicht noch ein Unglück passiert. Du bist einfach nicht zurechnungsfähig, wenn du deinen Anfall hast." Adrian erzählte ihm genau, was vorgefallen war, doch Charly war überhaupt nicht überrascht, im Gegenteil, er schien amüsiert und schaute Adrian wieder mit seinem unheimlichen Grinsen an. „Nimm es nicht so tragisch, wegen dieser scheiß Krankheit bin ich ja hier zur Umschulung."

Tage und Wochen vergingen, und Stück für Stück bekamen beide die unangemeldeten Ereignisse gut in den Griff. Oft saßen sie bis nach Mitternacht zusammen und philosophierten über Malerei, Fotografie, aber auch über Geschichten aus ihren vergangenen Leben.

6. KAPITEL

Adrian freute sich immer, wenn er Post von Marianne oder seinem Freund Robert mit der Post kam. Nur über die Briefe seiner Familie konnte er sich nicht richtig freuen, weil sie ständig mit irgendeiner Forderung, einer Versicherung, einem Rechtsanwalt, oder einem Amt verbunden waren. Zum Beispiel schrieb sein Vater:

„Lieber Adrian,

Besten Dank für Deine Karte, wir haben uns gefreut. Heute füge ich Deine Steuerkarte für 1967 bei. Vielleicht brauchst Du sie ja mal. An die Bundesversicherungsanstalt habe ich laut beiliegenden Durchschlag geantwortet. Beim hiesigen Versicherungs-Amt wurde erneut ein Fragebogen ausgefüllt, wozu ich die hiergebliebenen Unterlagen benötigte. Die Unterlagen sende ich Dir zu und bitte Dich, diese gut aufzuheben. Am besten gleich lochen und im Ordner ablegen. Wie geht es Dir sonst? Sind die Prüfungen jetzt vorüber?

Ganz herzlich grüßen Dich Deine Lieben."

Oder sein Bruder Volkmar, der im Oktober Geburtstag gehabt hatte, schrieb:

„Lieber Adrian,

vielen Dank für Deinen Brief zum Geburtstag. Ich hatte schon geglaubt, Du hättest es vergessen. Nur Tante Anna hat mir geschrieben. Rudolf hat übrigens auch nichts von sich hören lassen. Du könntest mir aber einen Geburtstagswunsch erfüllen. Ich brauche unbedingt die Langspielplatte von den „Mamas und Papas" und die LP „Revolver" von den Beatles. Ich möchte sie auf mein Tonband überspielen. Wir wollen einige Stücke mit der Band spielen. Übrigens, gestern waren wir im Studio und haben zwei eigene

Stücke aufgenommen für Hansa-Schallplatten (Radio-Luxemburg) wann sie rauskommen wird, weiß ich nicht. Das Versicherungs-Amt hat auch geschrieben, Du sollst am 24. Oktober dort vorsprechen wegen eines Fragebogens über Schadensersatzansprüche Deines Unfalls. Ich gebe es Deinem Rechtsanwalt, der soll für Dich hingehen.

So das wars für heute, wenn wieder was ist schreib ich Dir.

Viele Grüße von Deinem Bruder Volkmar."

Dann kam ein Brief von seinem alten Krankenhauskumpel Robert der ihn etwas aufheiterte. Ein ganz anderer Briefstil, der die jugendliche Unbefangenheit widerspiegelte. Aus Jux und Tollerei bezeichnete er sich immer als King. Hier seine Zeilen:

„Hallo Adrian!

Hier schreibt der King. Ich lasse auch wieder mal etwas von mir hören. Wie ich Dich kenne, wartest Du schon auf meinen Brief. Du musst schon entschuldigen, aber der King hat nicht immer Zeit, Briefe zu schreiben. Es ist jetzt 11 Uhr abends, und ich habe mir ein Herz gefasst und den Kugelschreiber in die Hand genommen. So, und jetzt hat sich der King erst einmal eine Zigarette angesteckt, da geht das schreiben mit Genuss besser. Du kannst ja da nicht mehr mitreden, da Du ja seit diesem Monat überzeugter Nichtraucher bist, oder? (Bitte die Wahrheit im nächsten Brief.) Deine Prüfungen kosten sicher viele Nerven, da ist es sicher nicht ganz einfach sich dieses Übel abzugewöhnen. Aber Du hast ja einen festen Willen wie ich Dich kenne. Wie sieht es denn zur Zeit mit Deinen Prüfungen überhaupt aus? Würde mich freuen, wenn Du alles zu Deinen Gunsten überstehen würdest.

Übrigens hat mir jetzt die kleine Schwedin geschrieben. Sie liegt im Krankenhaus wegen ihrer Zuckerkrankheit. Sie hat mir in ihrem Brief gestanden, dass sie nicht 18 ist wie sie mir in Italien erzählte, sondern erst 15!

Als ich das gelesen hab bin ich fast ausgeflippt. Diese kleinen Schwedinnen haben es faustdick hinter den Ohren. Wo wir gerade bei den Frauen sind, kann ich Dir noch was Neues erzählen. Hier in Mülheim im Bürgerpark ist ein Jugendzentrum mit Bar und allen Schikanen. Da hab ich in letzter Zeit eine Menge Frauen kennengelernt. Jedenfalls sitz ich nicht mehr auf dem Trockenen und das mit Astrid und Monika wäre uns erspart geblieben. Wir hätten da schon früher hingehen sollen. Da ist jedes Wochenende eine Party, und jeden ersten Samstag im Monat spielt eine Band. Nächsten Samstag spielen dort die „Cheats" und da darf ich natürlich nicht fehlen. Du weißt ja, was ist so eine Party ohne den King. Kommenden Freitag feiern wir den Geburtstag von meiner Schwester, und am Mittwoch danach hat meine Mutter Geburtstag. Du siehst, ich bin mit Festlichkeiten aller Art ausgefüllt. Wenn Du in den Weihnachtsferien kommst, und wir beide ordentlich einen draufmachen, wird das natürlich alles übertreffen.

So mein Lieber, jetzt bin ich müde und die Augen fallen mir langsam zu. Ich hoffe mit diesem Brief Deine gute Laune wieder hergestellt zu haben.

Meine Eltern und alle anderen lassen Dich recht herzlich grüßen. Dein schreibfauler Freund Robert."

Das war natürlich ein Brief der die gute Laune von Adrian wieder herstellte, und er wünschte sich sehr, dass er in den Weihnachtsferien nach Offenbach fahren und mit Robert richtig einen drauf machen könnte. Besonders, weil er auch über den Schmerz hinwegkommen wollte, den ihn Marianne in ihrem letzten Brief zugefügt hatte. Dieser lautete:

Lieber Adrian

Zuerst entschuldige bitte mein verspätetes Schreiben. Adrian, zwischenzeitlich musste ich feststellen, dass es doch wirklich, wie Dein Bruder Dir bereits versuchte beizubringen, sinnlos ist, dass wir weiter zusammen gehen. Du bist noch sehr jung, und als Mann ist es nun mal besser, wenn Du Dich austoben kannst. Wirklich, lieber Adrian, denk mal darüber nach, vielleicht wirst Du dann feststellen, dass diese Meinung nicht ganz absurd ist. Damit es nicht ganz so schwer für Dich ist, wäre es besser Du verzichtest auf einen Besuch bei mir über die Weihnachtsferien, glaub mir, es ist besser so. Ich hoffe, Du verstehst mich, und nicht böse sein. Ich wünsch Dir ein schönes Weihnachtsfest und alles Gute fürs neue Jahr. Viele Grüße Marianne."

Kein Wort mehr von, „ich freu mich" oder „viele Küsse", wie in den ersten Briefen. Es war nichts anderes als eine schriftliche Kündigung seiner ersten großen Beziehung. Er war zwar noch jung, aber er wollte sich nicht bei anderen Frauen austoben. Wenn es gepasst hätte, konnte er sich doch an seiner Geliebten austoben. Doch diese Absage musste ein Mann erst einmal wegstecken.

7. KAPITEL

Die nächsten Abende nach der Schule ging Adrian nach Bad Pyrmont in eine kleine Nachtbar, wo er schon öfters einen Drink genommen hatte. Er fragte den Besitzer, ob er hier abends als Aushilfskellner arbeiten könne. Einfach mal was anderes sehen und hören, denn er brauchte dringend etwas Abwechslung, um auf andere Gedanken zu kommen. Es würde ihm auch finanziell gut tun, denn sein monatliches Geld langte nicht hinten und nicht vorne. Er hatte Glück, und der Chef gab ihm den Job als Aushilfskellner. Sein Lieblingsstück in dieser Bar war die wunderschöne Musikbox. Dort waren die neuesten Singles vertreten, und er warf ab und zu einen Groschen ein, um seine Lieblingslieder zu hören. „The wind cries mary" und „He Joe" von Jimmy Hendrix, oder Percy Sledge mit „When a man loves a women" aber auch „Monday, Monday" von den Mamas und Papas. Auch hier stellte er wieder fest, dass sein ganzer Musikgeschmack immer wieder bei romantischen, langsamen Liedern landete. Er lernte als Kellner viele junge Leute kennen, und bediente alle sehr freundlich und höflich. Nach einigen Abenden fiel ihm ein Mädchen auf, das er schon öfter gesehen hatte. Es war seltsam, auch wenn da 30 oder 40 Gäste in der Bar waren, und man alle jeden Abend anschaute, blieben doch nur wenige in Erinnerung. Das menschliche Gehirn schien blitzschnell alle Menschen auszusortieren, von denen es glaubte sie passen nicht zu einem selbst. Das Mädchen, was ihm aufgefallen war, schien zu passen und schaute ihn freundlich an. Bei der nächsten Bestellung fragte er höflich nach ihrem Namen. „Ich heiße Karin", war die Antwort mit einem zauberhaften lächelnd und sie fragt zurück: „Und wie heißt du?" „Ich heiße Adrian. Sehr erfreut Karin." Zwischen den Bestellungen und dem Hin und her laufen lächelten sie sich immer wieder an, und als es etwas ruhiger in der Bar wurde, fragte sie ihn, ob er auch in Bad Pyrmont wohnen würde. „Nein, ich bin nur vorübergehend hier.“ „Was machst Du denn vorübergehend so?“ „Ich bin in der Versehrtenschule zur Umschulung.“ Vom Tresen her rief der Barkeeper: „Der ist in der Kaputtenschule!“ Karin schaute Adrian überrascht und sagte: „Dir sieht man aber gar nichts an.“ Adrian war etwas brüskiert und rief dem Tresen-Mann zu: „Das ist eine Schule für normale Menschen, die leider etwas Pech hatten im Leben, und nur durch Unfall oder Krankheit in dieser Schule gelandet sind. Dort bekommen wir eine zweite Chance und lernen einen Beruf, den wir wieder ausführen können.“ Der Barkeeper rief prompt zurück: „Sag ich doch, Kaputtenschule ha, ha!“ Zu Karin gewandt sagte Adrian: "Ich hatte Glück im Unglück. Nach meinem Verkehrsunfall hatte ich eine Knochenverpflanzung, aber ich konnte meinen alten Beruf nicht mehr ausüben und deshalb bin ich hier zur Umschulung.“ Karin schaute ihn etwas mitleidig an und meinte: „Dann bist du also nur zu Besuch in Bad Pyrmont?“ „Ich werde hier anderthalb Jahre verbringen, und dann geh ich wahrscheinlich wieder nach Hause, um die Aufnahmeprüfung für eine Kunsthochschule zu machen. Wenn das nicht klappt, werde ein Praktikum in einer Werbeagentur und einen Berufsabschluss als Grafiker oder Fotograf zu machen.“ Ihr enttäuschtes Gesicht gab ihm zu denken. Würde er jetzt noch eine Chance bei ihr haben? Oder würde ein so hübsches Mädchen kein Interesse mehr an einem Schüler der „Kaputtenschule“ haben.

Nach ein paar Tagen traf er Karin wieder, und sie fragte ihn zu seinem Erstaunen, ob er am Wochenende zu ihrer Geburtstagsfeier kommen wolle. „Das hört sich doch gut an“, dachte er und hoffte, dass es nicht nur aus Mitleid wegen des Wortwechsels „Kaputtenschule“, zu dieser Einladung kam. An diesem Sonntag brachte er ihr einen Strauß Blumen und eine kleine Freihandzeichnung aus dem Schlosspark zum Geburtstag mit. Dabei lernte er ihre Familie kennen, und auch ihren Schwager, einen sympathischen jungen Mann. Eltern und Geschwister blieben etwas auf Distanz, aber der Schwager war offen und fand Adrian interessant. Sie kamen beide ins Gespräch und er zeigte Adrian seinen neuen Ford Taunus. Er fragt ihn gleich: "Willst Du mal ne Runde drehen?" Adrian war begeistert und nahm das Angebot an. Sie drehten eine kleine Runde in Bad Pyrmont und er kam aus dem Staunen nicht mehr heraus. Dieser neue Ford fuhr geschmeidig und leise, alles ging etwas leichter als in seinem alten Mercedes Diesel. Auch die Sitzposition war komplett anders, denn beim Mercedes hatte man das Gefühl das Lenkrad stünde senkrecht vor der Brust und die Motorhaube war fast in Augenhöhe, wie bei einem Panzer. Beim Ford hingegen hatte man den Eindruck, das Lenkrad läge auf dem Schoß, und die Motorhaube konnte man vor sich liegend komplett überschauen. Man nannte das Modell auch „Badewannenmodell". Nach der Geburtstagsfeier hatte Adrian das Gefühl, das Eis in Karins Familie wäre etwas gebrochen, oder sie dachten vielleicht, es sei eh nur eine vorübergehende Affäre ihrer Tochter. Er wollte alles in Ruhe abwarten und traf sich mit ihr nicht nur in der Bar, sondern regelmäßig zu seinen freien Stunden. Dabei konnte er feststellen, dass Karin ähnlich gestrickt war, wie er selbst. Sie war ein wenig eine Einzelgängerin wie er selbst und machte den Eindruck, oft etwas traurig oder melancholisch zu sein. Sie liebte die gleichen langsamen Lieder und war für ihn wie eine Rose, die im Verborgenen blühte. Er wollte sie unbedingt malen und fotografieren, das war sein tiefstes Verlangen. In der Schule hatte er schon viel gelernt mit der Grossbildkamera Linhof oder der etwas kleineren Hasselblatt. Adrian besaß nur eine kleine Rollfilmkamera, aber man konnte damit auch schon sehr schöne Fotos machen. Karin war nicht abgeneigt und ließ sich von Adrian gerne fotografieren. So entstanden eine ganze Reihe schöner Fotos von ihr. Einige Portraits machte er mit wenig Aufwand und nur einer

Lichtquelle von der Seite. Dadurch entstanden schwarz weiß Fotos mit einem Schlaglicht, welches ihr Profil noch interessanter und anmutiger erscheinen ließ. Sie hatte sehr gleichmäßige Gesichtszüge, mit einigen Sommersprossen über der Nase, und ihr Mund war traumhaft, einfach zum Küssen. Die Unterlippe etwas voller als die Oberlippe, und die Ränder waren umgeben von einer kleinen Linie, die den Mund zauberhaft umrandete. Ihre Augenbrauen waren leicht geschwungen und gaben ihren Mandelaugen einen passenden Rahmen. Ihr Haar war glatt fiel ihr bis auf die Schulter, mit einem ebenholzfarbenen Ton. Während der Aufnahmen entflammte eine tiefe Zuneigung –oder war es schon mehr? Dann kamen sogleich seltsame Zweifel auf. „Diese Frau ist einfach zu schön und perfekt für mich. Ich werde sie nicht erobern können." Doch im nächsten Moment meldete sich eine kleine Stimme in seinem Kopf: „Du Weichei! Hör ich da einen Minderwertigkeitskomplex? Verdammt noch mal, sie hat dir doch eindeutige Signale gegeben, warum zweifelst du an dir selbst?" Der Zweifel war entstanden, weil ihre Eltern bei jedem Besuch von ihm eine distanzierte Haltung einnahmen. Das förderte nicht gerade sein Selbstbewusstsein und trug auch nicht zur Festigung der Beziehung bei. Aber ihr hübsches Gesicht und ihre positive Ausstrahlung, gaben ihm eine ruhige Zuversicht, die Adrian nicht ignorieren konnte, und so kam es wie es kommen musste. Beim nächsten Fototermin ging er ganz nah an sie heran, um ihre Haare etwas zu richten. Er strich fast zärtlich eine Strähne aus ihrem Gesicht und schaute ihr tief in die Augen. „Du bist eine wunderschöne Frau, und ich möchte Dich näher kennenlernen." Sie lächelte ihn an. Ihre grüne Augen waren ausgefallen, wie er sie noch nie vorher bei anderen Menschen gesehen hatte. Sie schaute Adrian eindringlich und erwartungsvoll an. Er konnte ihre Aufregung spüren, und die Spannung zwischen ihnen wuchs von Sekunde zu Sekunde. Er verharrte einen Moment vor ihrem Gesicht, um sicher zu gehen, doch ihre Signale waren eindeutig. Es kam zu dem lange ersehnten Kuss. Ihre Lippen waren weich und zart, genau so wie er sie sich vorgestellt hatte. Es war ein langer gefühlvoller Kuss den sich beide mit aller Leidenschaft hingaben und der kein Ende nehmen wollte. Ihre anfängliche Reserviertheit wich einer ungestümen Zuneigung. Von diesem Moment an waren sie wie losgelöst von den unsichtbaren Zwängen, und konnten sich auch ungezwungen in der Öffentlichkeit zeigen. Sie gingen Hand in Hand im Park spazieren und führten tiefgreifende Gespräche. Dabei stellten sie fest, dass sie nicht nur viele gemeinsame Hobbys und Ansichten teilten, sondern auch ihre Gefühlen übereinstimmten. An einem Wochenende fuhren sie hinaus ins Grüne. Adrian hatte ein Picknick vorbereitet. Auf einer kleinen Lichtung im Wald breitete er alles aus, und Karin war wie ausgewechselt. Sie alberten wie zwei kleine Kinder herum und spielten blinde Kuh. Sie rannten durch den Wald wie zwei unreife Teenager, und Adrian machte dabei einige wunderschöne Aufnahmen, wie sie barfuss über die Lichtung lief und ihn mit einem abgerissenen Zweig lachend bedrohte. Ihre Haare wirbelten wild im Wind und bedeckten halb ihr Gesicht wenn sie ihn eingeholt hatte. Dann nahm er sie jedes Mal in die Arme, strich ihre Haare aus dem Gesicht und sie küssten sich immer und immer wieder. Manchmal rannte sie davon und rief: „Di kriegst mich nicht, Du kriegst mich nicht!" und Adrian rannte ihr nach und rief: „Pass nur auf, ich hab dich gleich!" Doch sie hatte sich versteckt, und Adrian sagte dann: „Ok, dann eben nicht", und ging langsam wieder zurück. „Na warte, du kannst mich doch nicht hier allein stehen lassen." Dann kam sie aus dem Versteck und rannte auf ihn zu. Dabei rutschte ihr Sommerkleid bis über ihre Kniegelenke und zeigte ihre wunderschönen glatten Beine, eine Augenweide. Adrian fing sie auf und schleudert sie im Kreis. Erschöpft und außer Atem, liebestrunken vom rumtollen fielen sie dann auf die Picknickdecke. Er küsste sie immer wieder mit Leidenschaft und sie erwiderte jeden Kuss mit einer Hingabe, die er bis dahin noch von einer Frau erfahren hatte. „Was für eine ungezwungene, wunderbare Zeit", dachte er dann. „Könnte sie doch für eine lange Zeit so weitergehen!" So glücklich war Adrian schon lange nicht mehr. Ein fantastischer Abend endete mit einem ersten sexuellen Akt auf dem weichen, nach frischem Gras und wilden Kräutern duftenden Waldboden.

8. KAPITEL

Alle sechs Monate war ein großer Aufruhr in der Schule. Viele Schüler, die ihre Studienzeit absolviert hatten, verließen die Schule, und neue Kandidaten kamen an. Viele gewohnte Gesichter machten sich auf die Heimreise, und hier und da flossen Tränen. Sie gingen zurück an ihren Heimatort, oder fingen irgendwo in Deutschland in einer anderen Stadt ein neues Leben an. Abschied nehmen ist immer eine emotionale Angelegenheit, und viele die sich besonders angefreundet hatten, ahnten wohl, dass sie sich im Leben nie wieder sehen würden. Man tauschte Adressen und Telefonnummern aus, aber nur wenige würden sich tatsächlich schreiben oder Kontakt halten. Auch Charly, Wolfram, Helmut, Manfred und einige mehr aus Adrians Klasse, hatten ihre Umschulung beendet und gingen zurück zu ihrer Familie und in ihre Wohnorte. Jeder ging nun seiner Wege, doch Adrian hat noch ein letztes Semester zu bewältigen.

Einige Tage später kamen neue Schüler an. Sie musterten sich gegenseitig und versuchten sich erst einmal in der neuen Umgebung zurechtzufinden. So wie sich Adrian gefühlt hatte, als er damals ankam. Neue Unfallopfer, neue Rollstuhlfahrer, neue Krankheitsfälle, und alle wollten sich erst einmal kennenlernen. Man versuchte sich von dem anderen in möglichst kurzer Zeit ein Bild zu machen. Das ging oft in Sekundenschnelle, und man glaubte zu wissen: „Mit dem möchte ich nichts zu tun haben, und den möchte ich gerne kennenlernen. Adrian kannte die Situation von der Zeit, als er zum Ersten mal in die Schule kam. Ein junger Mann fiel ihm auf, der in seinem Alter zu sein schien, und auch seiner Klasse zugeteilt wurde. Er machte einen sympathischen Eindruck, und nach kurzem Gespräch kamen sie ins Gespräch. Er hieß Robert, wie sein Freund aus dem Krankenhaus, und hatte den schönen italienischen Nachnahmen „Rominetti". Das erinnerte Adrian spontan an seine Italienreise, und er sagt aus Spaß: „Oha, ein italienischer Gastarbeiter. Kommt ihr jetzt schon bis nach Bad Pyrmont?" Robert reagierte schnell und antwortete: „Meine Vorfahren väterlicherseits kommen aus Italien, aber meine Mutter ist Deutsche." Er sprach ein perfektes Deutsch und man konnte keinen Akzent feststellen, er musste in Deutschland aufgewachsen sein. Es wurde ein wenig hin und her gefrotzelt, und dabei freundeten sie sich schnell an. Robert war angeblich wegen einer Staublunge hier, aber man konnte ihm äußerlich einfach nichts anmerken. Adrian nahm ihn am Abend mit in seine Bar, und da bemerkte er, dass Robert ein kleiner Frauenheld war. Es drehte sich alles nur darum, wie man am schnellsten ein schönes Mädchen anbaggern und ins Bett bekommen konnte. „He, Adrian, schau mal die da am Tresen sitzt, mit ihrem schwarzen, welligen Haar! Wow, die sieht ja richtig toll aus, wollen wir die Kleine mal ansprechen?" Die rassige Schwarzhaarige schaute die beiden freundlich an, und Adrian dachte noch: „Die hab ich schon irgendwo gesehen?" Robert war nicht zu bremsen und fragte sie sofort: „Hallo, schönes Fräulein, bist du oft hier in dieser Bar? Ich heiße Robert und bin neu in der Stadt." Sie schaute ihn mit einem feurigen Blick an und meinte: „Ich heiße Monika und hab euch beide schon in der Kaputtenschule gesehen". Robert war etwas in seinem Stolz verletzt und erst einmal sprachlos. „Na klar, jetzt fällt es mir wieder ein", dachte Adrian, „die hab ich schon in unserer Schule gesehen, daher kannte ich ihr Gesicht, mal sehen, wie weit sie Robert gewähren lässt." Robert gab nicht auf und ging in die Offensive: „Ja, wir sind von dieser Schule, aber das macht uns doch nicht zu Außenseitern, oder?" Nach einer kleinen Pause sagte sie lächelnd: „Na gut, ihr könnt euch zu mir setzen, ich bin nämlich auch in der Schule." Robert machte ein verdutztes Gesicht und fragte: „Warum hast du das nicht gleich gesagt, du siehst doch auch vollkommen normal aus?" Die beiden bestellten ihr einen Drink und setzten sich zu ihr an die Bar. „Das ist eine lange Geschichte, dazu reicht der heutige Abend nicht aus." Robert gab immer noch nicht auf und fragte: „Na komm schon, sei kein Frosch, erzähl uns was dir passiert ist!" Sie überlegte eine Weile und sagte dann: „Na gut, wir können die Geschichte auch abkürzen." Sie lächelt ihn an, nahm seine Hand und zog in langsam zu sich heran. Robert war in freudiger Erregung, doch plötzlich drückt sie seine Hand auf ihr Knie. „Was ist das!", Robert zuckte zurück, als wäre er von einer Tarantel gestochen, und machte ein entsetztes Gesicht. „Das ist mein künstliches Kniegelenk, weil ich einen künstlichen Unterschenkel habe. Ich hatte einen schweren Motorradunfall, bei dem ich den unteren Teil meines Beins verloren habe." „Das tut mir aber sehr leid. Entschuldige bitte, das konnte ja niemand ahnen." Man sah Robert an, dass er sich etwas schämte und nicht ganz wohlfühlte in seiner Haut. Adrian hatte sich bewusst zurückgehalten, denn er war ja glücklich mit Karin. Er hatte Monika schon in der Schule gesehen, aber erst jetzt erfuhr er, was mit der hübschen Schwarzhaarigen geschehen war. Zu ihr gewandt sagt er: „Das tut mir auch leid, aber hier sind einige mit einem künstlichen Bein oder Arm. Andere sind querschnittsgelähmt und im Rollstuhl. Das soll kein Trost für dich sein, aber zeigt, dass du nicht allein bist mit Deinem Schicksal." Adrian sagt das mit sanften Stimme, damit Monika sich nicht gekränkt fühlte. „Und was ist mit dir los?", fragte sie ihn kurzerhand. „Ich bin noch mal mit einem blauen Auge davongekommen, denn mir wurde auch schon die Option einer Amputation in Aussicht gestellt. Aber dann hat man sich zu einer Knochenverpflanzung entschieden, und die hat Gott sei Dank geklappt, sonst hätte ich heute auch einen künstlichen Unterschenkel." Er schaute dann Robert an und fragte ihn: „Du siehst doch ganz normal aus, was ist eigentlich mit dir passiert, dass du hier gelandet bist?" „Ich habe Steinmetz gelernt und viele Jahre den Steinstaub eingeatmet, jetzt darf ich den Beruf nicht mehr ausüben, weil ich eine Staublunge habe." „Das glaub ich jetzt nicht, wegen ein wenig Staub in deiner Lunge wirst du hier umgeschult?", meint Monika etwas sarkastisch. Robert empörte sich etwas über die Ironie und versuchte sich zu rechtfertigen: „Wenn ich dazu noch eine Lungenentzündung bekommen hätte, dann hätte ich daran sterben können, und wäre für immer weg vom Fenster." Adrian spitzte die Finger zusammen und deutete in seine Richtung. „Mamma mia, Roberto, mach dir nicht ins Hemd." Monika konnte ihren Spott auch nicht verbergen. „Ach du armer Kerl, soll ich dich ein wenig trösten?" „Nein Danke, ihr wisst ja nicht, wie gefährlich so eine Staublunge sein kann." Monika wandte sich ab, und Adrian konnte gerade noch hören, „Weichei!" Danach machten sich die beiden Jungens auf den Heimweg. Adrian meint: „Sie ist ohne Zweifel eine selbstbewusste Frau, denkst du nicht auch?" Doch Robert schien in Gedanken versunken. Dann sagte er spontan: „Stell dir vor du gehst mit ihr nach Hause und willst mit ihr ins Bett. Du weißt schon?" „Ja, und wo ist das Problem?" Adrian lächelte innerlich. „Nun denk doch mal nach, du kommst so richtig in Fahrt und willst mit ihr ins Bett doch sie schnallt erst mal ihr Bein ab. Da geht doch nichts mehr, oder?" „Jetzt mach dir keine Gedanken, du kleiner italienischer Macho, du musst ja nicht mit ihr schlafen!" „Gott sei Dank, ich könnte das nicht ertragen, so einen Stummel im Bett, ekelhaft!" „Mein Gott, Robert, wenn man jemanden richtig gern hat, dann spielt doch ein halbes Bein keine Rolle. Sie ist doch sonst ein vollwertiges Weib. Hast Du ihren vollen Busen gesehen? Dazu ist sie gebildet, intelligent und schlagfertig, das musst du zugeben, ich finde, sie hat was." „Du kannst sie ja als Freundin nehmen, wenn sie dir so gefällt." „Nein Danke, sie ist mir manchmal etwas zu burschikos und ich bin gerade in einer glücklichen Beziehung." „Als du auf der Toilette warst, hat sie mir erzählt, dass sie mit vier Brüdern aufgewachsen sei und deshalb etwas aggressive rüberkommt.

Aber als sie meine hand genommen hat, war ich erst voller Erwartung, aber wie ich dann ihr hartes Kniegelenk spürte, standen mir die Haare zu Berge. Das hat sie doch mit voller Absicht gemacht, oder? Die hat mich voll auflaufen lassen, da steckt eine richtiger kleiner Teufel in ihr, das kann ich dir sagen." „Na ja, Feuer hat der kleine Teufel schon, aber man kann es ja auch verstehen. Denn wenn ein so hübsches Mädchen einen schweren Schicksalsschlag erleiden musste, dann kann es schon sein, dass man härter wird im Leben, denkst du nicht auch?" „Trotzdem, mir ist sie zu burschikos, das passt nicht zu mir." „Du willst natürlich eine Mama, die alles macht was du sagst. Du musst dich ja auch nicht mit ihr anfreunden, da gibt es einen guten Spruch bei uns in Hessen: „Jedes Dibbche find aach sei´n Deggel." Heißt so viel wie: „Jeder Topf findet seinen Deckel." Sie wird schon ihren Deckel finden." Robert murmelte noch ein wenig vor sich hin „Schade um das rassige Weib, und dass ihr so viel Unglück widerfahren ist." Es schien ihn doch mehr zu beschädigen als er zugeben wollte, und so eine Begegnung hatte er noch nie gehabt. Damit ging ein lehrreicher Abend für beide zu Ende. Adrian schrieb noch kurz ein paar Zeilen in sein Tagebuch über das Erlebte und dann fiel er müde ins Bett.

Am nächsten Morgen war er wieder frühzeitig in der Schule, und die Monate vergingen wie im Flug. Das letzte Semester neigte sich seinem Ende zu. Bald musste er sich von seinen Schülern, Lehrern und Freunden verabschieden und auch sein liebgewonnenes Bad Pyrmont verlassen. Der Gedanke machte ihn jetzt schon etwas melancholisch, obwohl es noch eine Weile hin war. Es war schon merkwürdig, alle sechs Monate kamen neue Schüler und gingen alte, an die man sich gerade gewöhnt hatte. Aus allen Gesellschaftsschichten und allen Bundesländern kamen die Schüler mit ganz verschiedenen, individuellen Lebensläufen. Eines vereinte jedoch alle, die hier ankamen. Ein schwerwiegender Eingriff in ihr Leben. War es eine

Krankheit oder ein schwerer Unfall gewesen, sie alle kamen in die Sonderschule nach Bad Pyrmont und lernten Menschen ihresgleichen kennen, und nach 18 Monaten gingen sie wieder in ihre alte Welt zurück. Doch diese würde niemals mehr die Gleiche sein. Denn hier lernten sie nicht nur einen neuen Beruf, nein, hier lernten sie auch, mit ihrem Schicksal umzugehen. Viele Schüler waren der Meinung, sie wären zufällig hier gelandet, aber gibt es eigentlich Zufälle? Oder war vielleicht alles vorbestimmt? Adrian begann zu grübeln. Aber nein, bei einer Vorbestimmung könnte man ja nichts mehr ändern, dann wäre das Leben vorprogrammiert und sinnlos. Gab es vielleicht Zufälle, die vorbestimmt waren? Wäre ich ein Jahr später gekommen, hätte ich hier völlig andere Menschen kennengelernt. Wäre ich aber damals nur wenige Sekunden später an die Kreuzung in Offenbach gekommen, dann wäre ich heute nicht hier, aber möglicherweise ein angesehener Leichtathlet. Adrian stützte seine Ellenbogen auf den Tisch und legte seinen Kopf in die Hände. Was bringen mir solche philosophischen Gedanken? Selbst wenn ich damit Recht hätte, interessiert es keine Sau. Wenn ich aber Unrecht hätte, würden alle darüber meckern und es kein Schwein vergessen, so sind die Menschen. Also konzentriere ich mich jetzt auf die Abschlussprüfung, sonst hat sich die Zeit hier nicht gelohnt.

Eine Stimme riss ihn aus seinen Gedanken. „He, Adrian, kommst du heute Abend in den Aufenthaltsraum, wir wollen ein wenig musizieren?" Hans war lautlos herangerollt und schaute ihn fragend an. Eigentlich wollte er ja für die Prüfung lernen, aber er konnte Hans einfach keinen Korb geben: „Ok, ich bin dabei, wann soll es denn losgehen?" „Gegen sieben Uhr, und es kommt auch noch ein neuer Schüler, der seine Gitarre mitgebracht hat und auch mitspielt." „Dann haben wir ja schon zwei Gitarren und können eine richtige Jamsession machen! Dann bis heute Abend." Kurz nach 19 Uhr war er dann in der Schule. Im Aufenthaltsraum saßen ein paar Schüler herum und freuten sich auf einen geselligen Abend. Eine bunte Truppe zwischen 18 und 48 Jahren beiden Geschlechts, und alle hatten unterschiedliche Behinderungen.

Hans hatte seine Gitarre auf dem Schoß, fuhr eine Pirouette mit dem Rollstuhl und begann dann ein altes Lied von der Waterkant aus seiner Heimat Hamburg zu singen. Plötzlich flog die Tür auf und ein junger Mann mit Gitarre stand im Raum. Er verbeugte sich und genoss sichtlich seinen Auftritt: „Ich bin Bruno, mein Künstlername ist „James Taylor" und ich bin der Neue hier an der Schule. Ich habe gehört, ihr macht hier öfters Musik und würde gerne bei euch mitmachen." Hans begrüßte ihn freundlich und meinte: „Wir singen gerade ein paar Lieder von der Nordsee, und jeder ist willkommen. Mal sehen, was du so zu bieten hast. Erzähl mal was von dir, damit wir einen Eindruck bekommen was du so machst." Bruno begann einen ausführlichen Bericht: „Ja, Leute, ich werde erst einmal hier meine Zeit abspulen, damit ich einen ordentlichen Beruf gelernt habe, aber mein eigentliches Ziel ist die Musik. Ich will einmal groß rauskommen und ein berühmter Schlagersänger werden." Adrian war überrascht, und sein erster Gedanke war, „Was für ein Angeber!" Einer der anwesenden Schüler rief spontan: „Dann sing uns doch mal etwas vor!" Und auch Hans sagte: „Ja mach mal, lass mal was hören." Bruno legte sofort los und sang lauthals einen Schlager. Es hörte sich passabel an, und sein Gitarrenspiel war auch nicht schlecht. Bruno schien keine Scheu und kein Lampenfieber zu kennen. Adrian wünschte sich insgeheim, dass er auch so ein selbstbewusstes Auftreten hätte. Sein Selbstwertgefühl war auf einem niedrigeren Level, als dies bei Bruno der Fall war. Nach dem dieser drei Schlager gesungen hatte, wollten sie auch etwas von Adrian hören und so sang er ein sehr altes Volkslied: „Jeder Weg, jede Straße hat irgendwo ein Ziel, jeder Fluss fließt dem Meer zu und endet dort sein Spiel, doch die Liebe, die Du gibst, ist schöner als ein Traum, denn sie scheint wie ein Wunder von Zeit und Raum." Dieses Lied hatte er schon vor vielen Jahren als kleiner Junge, den man zur Erholung auf die Insel Sylt geschickt hatte dort gesungen. „Nicht schlecht, aber das kann man akustisch noch besser machen", lässt Bruno, alias „James Taylor" die Anwesenden wissen. „Wie willst du denn die Akustik verbessern? Wir haben hier keine Verstärker oder Mikrophone." „Dann gehen wir eben alle ins Treppenhaus", meinte Bruno, und alle stürmten hinaus. Bruno ging die große Treppe bis zur Hälfte hinauf und sang einen neuen Schlager. „Der hat überhaupt keine Hemmungen", dachte Adrian, „Wie kann man nur so voll von sich selbst sein? Der Arsch hat auch noch Recht, es klang wie in einer Kirche, weil das Treppenhaus viel Glas und viel Raum nach oben hatte. Adrian war dazu erzogen worden, immer etwas bescheiden zu sein und nicht zu dick aufzutragen. Sein Vater hatte immer gesagt: „Reden ist Silber, und Schweigen ist Gold." Nun musste er lernen, dass es auch anders sein kann. Wenn er etwas erreichen wollte, musste er seine anerzogene Hemmschwelle ablegen. Auch andere Sprüche wie: „Mehr sein, als Schein:" hatten ihn dazu gebracht, nie über seinen Schatten zu springen und sich immer etwas zurückzuhalten. Bruno war genau das Gegenteil und hatte überhaupt keine Bedenken oder Hemmungen. In dieser Beziehung musste er noch etwas dazulernen. Aus diesem Grund hegte er eine heimliche Bewunderung für Bruno. „Wer angibt hat mehr vom Leben!" Das könnte eher der Realität entsprechen, und nicht die Sprüche von seinem Vater: „Hochmut kommt vor dem Fall." Manchmal war hoher Mut angebracht, um im Leben etwas zu erreichen. Bruna würde es wahrscheinlich weit bringen, denn in den öffentlichen Fernsehanstalten waren ja solche Entertainer, die, die Sau rauslassen beliebt. Adrian war mehr der ruhige introvertierte Type, der es sicher schwerer hatte, auf den Brettern, die, die Welt bedeuten zu bestehen.

9. KAPITEL

Adrian hing seinen Gedanken nach und schaute in sein Tagebuch. Er war erstaunt über sich selbst, was er da so alles hinein geschrieben hatte. Im Nachhinein zu lesen, was ihn in den letzten Monaten so beschäftigt hatte und was er alles an verschiedenen Erlebnissen verdauen musste, brachte ihn zu der Erkenntnis, dass er einen seelischen Knoten zu überwinden hatte. „Mein Gott, Adrian, du hast ein großes Problem. Du musst dich aus deiner moralischen Hängematte befreien." Diese Gedanken gingen ihm durch den Kopf, aber er wollte sich ihnen nicht stellen. Nein, heute Abend wollte er mit Robert auf eine Tour gehen, um sich abzulenken. Denn auch Karin hatte sich in den letzten Wochen nicht mehr bei ihm gemeldet. Alle Versuche, Kontakt aufzunehmen, wurden blockiert. Wenn er bei ihr Zuhause anrief, wurde er immer wieder unfreundlich abgewiesen, sie sei nicht zu sprechen. Als er dann bei ihr an der Haustür klingelte hieß es lapidar, sie sei nicht da. Das hatte Adrian in seinem Stolz getroffen und er war bitter enttäuscht.

Möglicherweise hatte man ihr gesagt, dass es keinen Sinn machen würde, eine Beziehung aufrecht zu erhalten, weil er in wenigen Wochen Bad Pyrmont wieder verlassen würde, oder ihre Eltern waren generell gegen die Freundschaft eines Schülers der Kaputtenschule. Egal, aus welchen Beweggründen, es war schon wieder ein Tiefschlag, den er verkraften musste, und sein Stolz erlaubte es ihm jetzt nicht mehr, weiter nachzufragen. Auch Marianne hatte nichts mehr von sich hören lassen. Wer weiß, wer da noch alles seine Finger im Spiel hatte. Das konnte er aber nur bei seiner Rückkehr herausfinden, doch innerlich hatte er die Beziehung schon ad acta gelegt.

Heute Abend wollte er alles vergessen und einen sorglosen Abend verbringen. Da viel ihm plötzlich die Apotheke ein, in der er immer mal ein Medikament holte. Die dunkelhaarige Bedienung hatte ihn immer freundlich angelächelt, wenn er einkaufen kam. Als er Robert an diesen Nachmittag traf, erzählte er ihm davon. „Mensch Adrian, die mag dich bestimmt. Lass sie uns fragen, ob sie Lust hat, heute Abend mit uns in die Bar zu gehen. Sie soll ihre Freundin mitbringen, dann werden wir sehen, wer bei welcher landen kann." „Soll das jetzt ein Wettbewerb werden?" „Nöö, aber wir werden ja dann sehen, wer von uns beiden bei welcher zuerst landen kann. Ich bin ja noch etwas länger hier als du ha, ha." „Du kleiner, aufgeblasener Spagettifresser, glaubst du wirklich, dass alle Mädels auf dein Machoverhalten reinfallen?" „Oh, da ist aber einer verärgert! Was ist denn los mit dir, bist du mit dem falschen Fuß aufgestanden? Wir werden ja sehen, wer besser ankommt bei den Frauen."

Nachdem sie in der Apotheke waren und eine tatsächlich eine freundliche Zusage für den Abend bekommen hatten, trafen sie sich mit den beiden in einem Club in Bad Pyrmont. Das Mädchen aus der Apotheke hieß Brigitte und ihre Freundin Lisa. Beide waren jung und hatten dunkelbraunes fast schwarzes Haar. Lisa fielen ihre Harre bis auf die Hüfte, ein sehr femininer Anblick. Der Abend verlief erst etwas kühl, doch nach einigen Drinks und intensiven Gesprächen, lockerte die Stimmung auf. Robert legte sich mächtig ins Zeug um bei beiden einen großen Eindruck zu machen. An diesem Abend war nicht ganz klar, welche der Mädels sich für Robert interessierte. Auf dem Nachhauseweg verabredeten sie sich für den nächsten Abend im gleichen Club. Adrian fuhr alle Drei nach Hause, denn Robert und die Mädels hatten kein Auto. „Das könnte ein Pluspunkt für mich sein", dachte Adrian. „Ich glaube, Lisa hat Interesse an mir gezeigt. Mal sehen wer zuerst landen kann." Robert war siegessicher und fragte ob er ihn am

nächsten Abend wieder abholen könnte. „Ja, kein Problem, kleiner Macho,
bis Morgen." Adrian fuhr in seine Unterkunft und fiel ins Bett, ohne auch nur
sein Tagebuch anzuschauen.

Am nächsten Tag wartete viel Arbeit in der Schule auf ihn, denn die ersten
Prüfungsarbeiten standen an. Er war ziemlich beschäftigt und hatte keine
Zeit, sich mit anderen Schülern zu unterhalten. In den Pausen traf er Robert,
der ihm ein mitleidiges Grinsen schenkte. Er hatte ja noch keine Prüfung zu
bestehen und dachte nur an die Mädels nach der Schule. „Denk dran, und hol
mich später ab." „Ja, ja ich denk dran, und bin froh wenn ich heute Abend
etwas entspannen kann." Der Tag verging dann doch schnell, vor allem wenn
man viel zu tun hatte. Nach der Arbeit fuhr Adrian in seine Unterkunft und
machte sich frisch für den Abend. Dann fuhr er ein paar Strassen weiter, um
Robert abzuholen, der in einer kleinen Pension ein Zimmer gefunden hatte.
Er ging die Treppe hinauf in den ersten Stock, und klopfte an die Tür.
„Komm rein Adrian, ich bin gleich fertig." Adrian öffnete die Tür, und Robert
lag noch im Bett. Adrian sagt ungeduldig: „Jetzt aber raus aus dem Bett, wir
wollen doch die Mädels nicht warten lassen." Doch Robert grinste nur
unverschämt und sagte: „Wir brauchen sie nicht warten zu lassen, ich hab ja
schon eine hier." Er hob plötzlich die Bettdecke hoch, und zum Vorschein
kam Lisa, die splitternackt an seiner Seite im Bett lag. Nur ihre schönen
langen Haare bedeckten ein wenig ihren Körper. Dabei schaute er Adrian
mit einem triumphierenden Lächeln an, als hätte er gerade einen Wettlauf
gewonnen. Adrian war etwas verdutzt und sagte verlegen: „Entschuldige
bitte Lisa, ich wusste nicht, dass du auch hier bist. Wir sehen uns dann später
im Club, ok?" Etwas beschämt drehte er sich um und verließ das Zimmer.
Beim Verlassen der Pension dachte er noch über die Situation nach. „Dieser
kleine Angeber, er wollte mir doch wirklich nur zeigen, was für ein toller
Hecht er ist. Aber ich bin froh, dass es nicht Brigitte war die bei ihm im Bett

lag, dass hätte mich doch mehr getroffen." Ein wenig erleichtert holte er danach Brigitte ab und fuhr mit ihr in den Club. Als er Brigitte erzählte, was er erlebt hatte, winkte sie nur ab. „Bei Lisa ist das keine Kunst, wenn ihr ein Mann gefällt, dann ist es nicht schwer, sie ins Bett zu bekommen." „Und wie ist das bei dir?" Fragt Adrian etwas provozierend. „Auf keinen Fall nach dem ersten oder zweiten Treffen!" „Aber nach dem dritten? Nein, nur Spaß, ich hätte auch nichts anderes von dir erwartet." Er dachte an seinen baldigen Abschied und war etwas traurig, da ihm kaum noch genügend Zeit zur Verfügung stand, um Brigitte näher kennenzulernen. Sie schien seine Gedanken zu erraten und fragte: „Was ist los mit dir, du siehst etwas traurig aus, hat dich das mit Lisa geärgert?" „Nein, natürlich nicht, ich war nur sehr froh, dass du nicht in seinem Bett gelegen hast. Ich bin nur traurig, weil ich in ein paar Wochen die Schule verlassen muss, und dich dann leider auch nicht mehr sehen kann." Brigitte holte einen Zettel aus ihrer Tasche und schrieb ihre Adresse und Telefonnummer auf. „Ich möchte trotzdem mit dir in Verbindung bleiben. Wir können uns doch schreiben oder gegenseitig besuchen, glaubst du nicht?" Adrian lächelte sie an und nickte. Doch im Inneren hatte er seine Zweifel, denn die Sache mit Marianne war ihm noch lebhaft im Gedächtnis. Eine Fernbeziehung hatte so ihre Tücken, und man wusste nie ob es halten würde. Aber er wollte sie im Moment nicht enttäuschen und würde sie tatsächlich auch gerne wiedersehen. Dann kam Robert mit Lisa, und sie verbrachten einen freudigen und ausgelassenen Abend. In dieser Nacht machten sie Bekanntschaft mit einem wunderbaren neuen Soul-Song von Ike and Tina Turner, „River deep mountain high". Dieses Lied war gewaltig, so kraftvoll, und ging unter die Haut, dass sie es viele Male in der Jukebox anwählten. Damit ging ein schöner Abend zu Ende.

Bevor er die letzte theoretische Prüfung in Bad Pyrmont ablegen würde, wollte Adrian noch an einem verlängerten Wochenende an einer Aufnahmeprüfung an der Kunsthochschule in Offenbach teilnehmen. Die Chance, direkt nach der Umschulung, Kunst zu studieren. Dort angekommen traf er einige Abiturienten und andere Hochschüler, die dort ihre Aufnahmeprüfung mit ihm machen sollten. Nach dem er gesehen hatte, was diese Jungens und Mädchen zur Prüfung abgeliefert hatten, war er sich seiner Sache sicher, dass er die Prüfung bestehen würde. Einige konnten nicht einmal eine gerade Linie ziehen, geschweige denn eine perspektivische Zeichnung, Federzeichnung, oder ein Aquarell malen. Die wenigsten hatten Ahnung von Farbenlehre oder Fotografie. Auch die verschiedenen Maltechniken oder der goldene Schnitt, waren ihnen nicht bekannt. Adrian hatte all diese handwerklichen Eigenschaften gelernt und brauchte nur noch die richtigen Anleitungen, um intellektuelle Eigenschaften, wie rasches erfassen von abstrakten Gedanken und Vorstellungen, zu erlernen. Diese konnte er in der Kunsthochschule Offenbach erlernen. Aber meistens kommt es anders, und selten wie man denkt. Adrian bekam eine Absage, mit der fadenscheinigen Begründung, er habe doch schon so viel gelernt, und man könne ihm kaum noch etwas beibringen. Er würde nur den Abiturienten, die wie ein leeres Blatt Papier waren, auf dem man langsam die Ideen der Kunsthochschule ausbreiten, und denen man von Grund auf alles beibringen könne, den Studienplatz wegnehmen. Das war so eine hinterhältige Begründung, die ihn sehr enttäuschte, und die wieder ein Rückschlag für seine künstlerische Laufbahn war. Der einzige Lichtblick bei der Bewerbung in Offenbach war ein wunderschönes Mädchen, das wie eine Figur aus einem Märchen daherkam. Sie hatte strohblondes langes Haar, was ihr bis auf ihren Po fiel, und ihr schönes Gesicht war engelsgleich mit strahlend blauen Augen. Alle Schüler umgarnten und bewunderten sie, aber alle wussten,

Diese Frau spielte in einer anderen Liga, die für die meisten unerreichbar war.

Sie hatte von allen Probanden die schlechtesten Ergebnisse, und alle waren sich sicher, sie würde haushoch durch die Prüfung fallen. Kein Geschick zum Zeichnen, kein Gefühl für Farbe oder Form, aber eine sexy Ausstrahlung, die sogar Marilyn Monroe in den Schatten gestellt hätte. Adrian hatte sich mit ihr freundschaftlich unterhalten, und sie hatte ihm erzählt, dass ihr Freund etwas älter war und ein berühmter Fotograf in Deutschland sei. Dann zeigte sie ihm eine Illustrierte, auf der sie völlig nackt, schräg von hinten jedoch ihr Gesicht nicht ganz zeigend, abgebildet war. Ihre Haare waren dabei die Hauptattraktion, denn sie fielen vom Kopf, über ihre Schulter, bis auf ihren schönen Po. An den Oberschenkeln endete das Foto.

Ihr Freund der Fotograf hatte gute Beziehungen zur Kunsthochschule und war den meisten Professoren bekannt, dass erklärte alles. Sie hatte die Prüfung mit Bravour bestanden!? Ihr selbst konnte man keinen Vorwurf machen, denn bei all den Gesprächen, die er mit ihr führte, konnte Adrian feststellen, dass sie nur ein zerbrechliches, naives Wesen war, welche von einflussreichen Menschen nur benutzt wurde, um mit ihrer Schönheit Geld zu verdienen. Sie war einfach nur das Opfer von Besitzergreifenden Ausbeutern, die sie wie eine Trophäe behandelten. Doch sie gab ihm zum Abschied ein kleines Foto was sie von vorne und mit ihrem kompletten Gesicht zeigte. Sie hatte wohl Vertrauen zu Adrian gefasst. Ihr dicker langer Zopf verschwand an der Unterkante des Fotos und es zeigte sie mit einem nordischen Pullover und einem hinreisenden Lächeln. Sie war von Anfang an ein Mensch, bei dem er nur platonische Zuneigung empfand, und sogar etwas Mitleid. Bis zum heutigen Tag hat er dieses Foto in seinem Album aufbewahrt.

10. KAPITEL

Adrian schrieb in sein Tagebuch:

„Was ist los mit mir? Ich glaube ich hänge moralisch gewaltig durch. Ich habe ein großes Problem und eine Schwermut, die mir auf der Seele liegt. Ich glaube, ich muss die ganze Umschulung noch einmal überdenken und gegebenenfalls noch einmal von vorne anfangen. Vielleicht ist es eine Bilanz der letzten anderthalb Jahre, oder nur Frust und Enttäuschung über die nicht bestandene Aufnahmeprüfung der Kunsthochschule, sowie die Enttäuschungen in meinen privaten Angelegenheiten, die mich einfach deprimieren. Am kommenden Samstag habe ich die letzte Prüfung und mein Resümee ist grauenhaft. Die anderthalb Jahre hier, nun ja, ich habe einen großen Teil davon vertrödelt. In der Schule hätte ich einiges mehr lernen können, wenn ich nicht soviel Zeit mit einigen Schülern, Gitarrespielen, Mädels nachlaufen, Auto reparieren usw. verbracht hätte. Auf der anderen Seite hätte mir, mehr lernen, auch nicht weitergeholfen, denn wie man gesehen hat, zählt nicht das Können oder das Talent. Ich bin einfach nur frustriert und weiß nicht einmal, ob es richtig ist alles ins Tagebuch zu schreiben."

Dann kam der lang gefürchtete und doch halb ersehnte Tag, an dem er Abschied nehmen musste von der Schule, den Schülern, der Freundin und Bad Pyrmont. Er packte alle seine Sachen zusammen und begann den Umzug vorzubereiten. Mit Stolz schaute er auf seine Sondermappe, die ca. 60 x 85 cm groß war. In ihr hatten sich alle Arbeiten der vergangenen 18 Monate angesammelt. Von den ersten Freihandzeichnungen über Schriftenlehre, bis hin zur Farblehre, den eigenen Fotos aus dem Labor und perspektivischen Malens. Dabei fiel ihm noch einmal der goldene Schnitt auf, den er hier kennengelernt hatte. Es handelte sich um die Teilung einer Strecke in zwei Abschnitte, so, dass sich die ganze Strecke zum größeren Abschnitt, wie diese zum kleineren verhielt. Aber was hatte ihm all dieses Wissen gebracht? Keinen Vorteil und keine Anerkennung in der Kunsthochschule. Dabei fielen ihm die abgehefteten Briefe aus anderthalb Jahren noch einmal in die Hände und er las den letzten Brief von seinem Freund Robert noch einmal durch:

„Lieber Adrian hier schreibt der King!

In der letzten Zeit war ich sehr schreibfaul, wie du sicher gemerkt hast. Mit dummen Entschuldigungen kann ich dir sowiso nicht mehr kommen. Ganz ehrlich, so etwas ist auch nicht zu entschuldigen. Es tut mir leid, dass ich Dich so hängen lasse."

„Typisch Robert" dachte Adrian, „lass die Entschuldigung einfach weg, ich kenn dich ja zur Genüge", dann weiter:

„Wie ich gehört habe, warst Du vor ein paar Wochen bei uns Zuhause. Ich war an diesem Samstag in Oberreifenberg im Taunus, bei einem Wochenendlehrgang der Gewerkschaft. Als ich dann Montag wieder zurückgekommen bin, erfuhr ich, dass Du hier warst. Ich bin fast ausgeflippt. Wieso warst Du hier?

Mir geht es zurzeit nicht gut. Gesundheitlich ist alles in Ordnung, aber mit dem Herz stimmt es nicht mehr. Ich gehe zurzeit mit Rosi, aber ich bin nicht mit dem Herz dabei. An Fastnacht hatte ich sie vernascht und jetzt bekomme ich sie nicht mehr los. Sie ist schon die fünfte Frau, mit der ich in den letzten zwei Monaten zusammen war, und an keiner war mir etwas gelegen. Mit Deiner kleinen Monika hatte ich auch so eine kleine Romanze, aber sie ist keine Frau für mich. Ich hoffe Du nimmst mir das nicht übel, Du kennst mich ja.

Am letzten Samstag ist es dann mit mir geschehen. Ich habe mich unheimlich in ein Mädchen verliebt. Du kennst sie übrigens auch. Es ist die aus meiner Firma, mit der wir mal in meiner Mittagspause am Main waren. Da bist Du fertig was? Du glaubst gar nicht, was für ein süßes nettes Mädchen sie ist. Sie war auch mit in Oberreifenberg bei diesem Lehrgang. Wir hatten den ganzen Abend zusammen getanzt und uns sehr nett unterhalten. Als ich dann schon auf meinem Zimmer war, kam sie noch einmal zu mir und sagte, sie wolle mir nur noch gute Nacht sagen. Etwas später ging ich dann noch einmal zu ihr, und sie hat mich hereingelassen. Wir haben uns auf ihr Bett gesetzt und uns lange unterhalten. Zum Schluss hat sie mich geküsst und furchtbar lange in den Armen gehalten. Ich schildere Dir das nur deshalb so genau, weil jetzt nämlich erst der dicke Hund kommt. Sie hat einen Freund, mit dem sie schon über zwei Jahre geht!

Sie hat dann Andeutungen gemacht, dass sie gerne mit ihm Schluss machen würde, es ihm aber nicht antun wolle, denn er würde sie so sehr lieben. Für sie selbst wäre es nicht so schlimm. Über diese Situation zermartere ich mir schon seit mehreren Nächten den Kopf. Was denkst Du darüber? Was würdest Du an meiner Stelle tun? Wie würdest Du handeln?

Ich erinnere mich, Dir ist es ja auch schon einmal ähnlich ergangen mit Monika.

Entschuldige bitte, dass ich Dir in diesem Brief nur von Weibergeschichten erzähle, aber Du verstehst mich ja immer. Ich glaube, dass meine Gefühle zu ihr stärker sind als es bei Astrid jemals der Fall war. Was das für mich bedeutet, kannst Du Dir vorstellen. Also sei nicht ungehalten, aber ich musste einfach mal mit jemanden darüber sprechen bzw. darüber schreiben. Zu Dir habe ich das größte Vertrauen, weil ich weiß, dass Du mich verstehst. In alter Freundschaft, Dein Robert."

Adrian wurde nachdenklich. Konnte es sein, dass sein alter Freund ein kleines psychologisches Problem hatte? Erst fünf Frauen in zwei Monaten verbrauchen, und wenn er dann eine, die einen anderen hat, nicht haben kann, ist sie auf einmal die große Liebe? Da stimmte doch etwas nicht. Aber seine Antwort für ihn, wäre die gleiche, die er Monika damals gegeben hatte: „Wir sind ab sofort geschiedene Leute, und ich will dich nie wieder sehen. Komm mir nicht wieder unter die Augen, sonst klär ich deinen Freund auf.“ Das hätte er Robert geraten. Er packte die Briefe weg und verstaut alles in seinen alten 180 Mercedes, dann nahm er Abschied von Bad Pyrmont.

11. KAPITEL

Eine Woche später war Adrian wieder zurück in Offenbach. Nach diesen anderthalb Jahren hatte sich nicht viel verändert. Einige neue Häuser waren entstanden, alte Geschäfte hatten für immer geschlossen und neue Läden hatten eröffnet, aber im Grossen und Ganzen war die Stadt die gleiche geblieben. Die 16 fuhr immer noch die Waldstraße hoch bis Tempelsee, und in der Frankfurter Straße gab es immer noch Kaufhof und Neckermann. Die Senefelder Straße hatte sich kaum verändert, dort hatte er als Kind gewohnt, und ging mit seinem Freund Norbert, mit dem er den Unfall hatte, damals zum Konfirmationsunterricht. Es war schon ein seltsames Gefühl, nach Bad Pyrmont in die Stadt, in der er seine Jugend verbracht hatte zurückzukehren.

Er konnte und wollte nicht mehr bei seinen Eltern wohnen, weil er seine Unabhängigkeit und seine Entscheidungsfreiheit zu schätzen gelernt hatte. Also suchte er sich eine kleine, preiswerte Unterkunft in einem Hinterhaus in Offenbach-Bieber, in der Nähe des Fußballstadions. Es war ein länglicher Raum im ersten Stock, der mit vier gleichmäßigen Fenstern versehen war. Diese Räume wurden früher für kleine Lederhandwerksarbeiten benutzt, denn Offenbach war mal als die große Lederstadt bekannt. Es gab ja auch noch das bekannte Ledermuseum. Diesen Raum teilte Adrian in zwei Hälften, in einen Wohn-Schlafraum und einen Küche –Bad-Raum. Als Dekorateur hatte er in Frankfurt zu IAA mit Norbert einige Male Messestände aufgebaut und wusste daher, wie man einfach aus Dachlatten und dünnen Sperrholzplatten Trennwände bauen konnte. Das kam ihm jetzt zugute, und handwerklich konnte ihm keiner so schnell etwas vormachen. Es dauerte nicht lange, und er hatte sich wohnlich eingerichtet, doch es fiel ihm schwer, sich in seiner neuen Umgebung einzugewöhnen. Die

Zukunftsaussichten waren einfach ungewiss, denn er hatte noch keine Firma gefunden in der er seine praktischen Monate absolvieren konnte, um wenigstens seinen Abschluss als Grafiker zu machen. Während er auf Antworten seiner Bewerbungen wartete, traf er sich mit einem alten Schulfreund aus der Humboldtschule, den er schon viele Jahre nicht gesehen hatte. Dieser hatte zum Zeitpunkt auch keine feste Arbeitsstelle und arbeitete als Staubsaugervertreter. Er überredete Adrian, es vorübergehend auch zu probieren, damit er wenigsten etwas Geld verdienen konnte. Also ließ er sich überreden, man konnte es ja mal versuchen, und wie Adrian gelesen hatte, war auch Tom Jones vor seiner Kariere als Staubsaugervertreter tätig. Also trat er der Vertretergruppe in Offenbach bei, deren Gruppenleiter ein Herr Möwe war. Es gab kein Grundgehalt, sondern der Verdienst war nur auf Provisionsbasis aufgebaut. Wenn man also den ganzen Tag Klinken geputzt hatte ohne Erfolg, dann war auch der Verdienst ohne Erfolg, gleich Zero.

Das war am Anfang eine frustrierende Arbeit, doch nach einigen Tagen gelang es ihm tatsächlich, einige Staubsauger zu verkaufen.

Er erinnerte sich noch einen besonderen Fall. Er klingelte an einer Wohnungstür, und eine Frau um die 40 mit vier Hunden und drei Katzen, öffnete die Tür.

„Sie kommen mir gerade recht, bis heute habe ich noch keinen Staubsauger gesehen, der mir meinen Teppichboden von meinen Hunde und Katzenhaaren befreit, also verschwinden Sie und versuchen sie es wo anders.“ „Aber gnädige Frau, unsere Staubsauger sind berühmt dafür, dass sie jeden Schmutz, und natürlich alle Haare, restlos beseitigen.“ Sie lachte lauthals und sagte: „Das möchte ich einmal erleben, dass ein Staubsauger meinen Teppichboden sauber bekommt.“ Das war die Gelegenheit für Adrian, und er machte ihr ein Angebot welches Sie nicht abschlagen konnte: „Lassen Sie mich unverbindlich und kostenlos einen Versuch machen, wenn sie dann nicht zufrieden sind, brauchen sie kein Gerät zu kaufen." Die Frau willigte ein: „Na gut, kommen Sie herein und schauen Sie sich meinen Teppichboden an." Als Adrian den Boden sah, war er bass erstaunt. Die vielen Hunde und Katzenhaare hatten sich in den Fasern vom Teppichboden verheddert, und es sah aus, als hätten sich graue und weise Flecken vermischt über den Boden verteilt. „Da staunen Sie, nicht wahr? Daran können Sie sich die Zähne ausbeißen, dieser Boden war nämlich mal dunkelblau." „Kein Problem, gnädige Frau, Sie werden staunen, wie einfach unser Gerät damit umgeht." Er holte sein Vorführgerät und hatte erst vor einer Stunde eine neue Bürstenrolle und Staubbeutel eingebaut, das würde die Arbeit schon erfolgreich machen. Er fuhr extra langsam über den Teppichboden und erklärte ihr dabei einige Vorzüge. Der Staubsauger ließ dabei eine einwandfreie, dunkelblaue Straße auf dem Teppichboden entstehen. Die Frau war überrascht, diese Vorführung hatte sie restlos überzeugt, und Adrian konnte einen Kaufvertrag abschließen.

Doch ein Vertreterdasein war das Letzte, was er sich vorstellen konnte. Schon das Wort „Vertreter" war ihm ein Graus. Es hatte den faden Beigeschmack eines Schlitzohres, das anderen Menschen etwas aufschwätzen wollte, um sich zu bereichern. Es war jemand, der keinen ordentlichen Beruf gelernt hatte und nun mit Bauernschläue versuchte, anderen ein Produkt aufzudrehen. Nein, auf Dauer kam das für ihn nicht in Frage.

Im Hinterhaus in Offenbach-Bieber hatte er sich nun einigermaßen eingerichtet aber immer noch nicht wirklich eingewöhnt. Die neue Umgebung war ihm zu fremd, und er fühlte sich nicht integriert und oft einsam. Er hätte gerne mit seinem Bruder Ronald zusammengearbeitet, doch der war nun aus Steinberg weggezogen und hatte in Offenbach eine große Halle als Wohnatelier gemietet. Auch diese Halle wurde in der Vergangenheit zur Lederverarbeitung benutzt, genau wie sein Hinterhaus in Offenbach-Bieber. Marianne war seit dem Umzug ihre eigenen Wege gegangen und hatte den Kontakt mit seinem Bruder abgebrochen. Adrian versuchte ein paar Wochen mit Ronald zusammenzuarbeiten, aber es war ungewöhnlich schwer, eine gemeinsame Basis zu finden, denn sein Bruder hatte sich von seiner Frau scheiden lassen und hatte die beiden Kinder, die nicht von ihm waren, adoptiert. Mal musste Adrian auf die Kinder aufpassen, mal sollte er beim Fotografieren helfen, mal sollte er für die Kinder kochen, mal sollte er eine Dekoration aufbauen und manchmal war er unerwünscht, weil Ronald irgendwelche Nacktaufnahmen für einen erotischen Kalender machen wollte. Dann wollte er mit den „Models" alleine sein, und Adrian konnte nur ahnen, was dann alles im Atelier ablief. Dabei dachte Ronald, dass sein jüngerer Bruder Adrian alle Arbeiten für ihn kostenlos verrichten würde, deshalb hatte er nie einen Pfennig gesehen und er wusste, dass sich dieses Arbeitsverhältnis niemals ändern würde. Deswegen konnte er nicht auf die Dauer mit ihm arbeiten. Ihm taten nur die drei Kinder leid, die nun ohne Mutter und unter schwierigen Bedingungen aufwachsen mussten. Also beschloss Adrian sich nicht weiter um Ronald zu kümmern und bewarb sich schriftlich bei einer Werbeagentur in Nieder Roden. Seine Bewerbung wurde angenommen, und er konnte zum nächsten Monat dort anfangen. Gleichzeitig hatte sein Bruder Volkmar, der in der Zwischenzeit in einer bekannten Rockband in Frankfurt spielte, von einer anderen Band gehört, dass sie einen Sänger suchten. Diese Band mit dem Namen „The Black Eagles" war auch in Nieder-Roden beheimatet, und auf Volkmars Empfehlung hin, konnte Adrian dort als Sänger anfangen. Beide Jobs im gleichen Ort, damit konnte er zwei Fliegen mit einer Klappe schlagen und in wenigen Wochen dort ein neues Kapitel in seinem Leben aufschlagen.

Doch seine jüngste Vergangenheit in Bad Pyrmont hatte er noch nicht ganz ad acta legen können. Seine Gedanken gingen oft dorthin zurück, und er bereute es, dass er nicht alle Adressen oder Telefonnummern von seinen Freunden und Klassenkameraden aufgeschrieben hatte. Lediglich von Charly und Brigitte hatte er eine Adresse. Er hatte noch einige Tage Zeit zur Verfügung, bevor er in Nieder-Roden sein neues Arbeitsverhältnis antreten würde. Also rief er Brigitte an und fragte, ob er sie noch einmal kurz besuchen dürfte. „Na klar Adrian, ich habe in den letzten Wochen oft an dich gedacht und gehofft, dass du mir schreiben würdest. Wann willst du denn kommen?" „Ich könnte eigentlich nur dieses Wochenende, denn später fange ich in einer Werbeagentur mein Praktikum an, und dann wird es schwieriger mit der Freizeit." „Selbstverständlich kannst Du kommen, ich freu mich sehr, und wir haben auch ein Gästezimmer, in dem du übernachten kannst."

„Super, dann bis zum Wochenende ich freu mich auch dich wieder zu sehen." Adrian überkam ein wunderbares Hochgefühl, als ob er zu einer verloren gegangenen Heimat wieder zurückkehren würde. Bad Pyrmont mit seinem Schlosspark, Schule, Brigitte, und dem Club, in dem sie oft schöne Stunden verbracht hatten, all das war ihm noch frisch in Erinnerung. Er konnte es kaum erwarten und fuhr schon am Freitag, frühzeitig los. Die paar Stunden vergingen wie im Flug und er holte Brigitte wie sie es früher gewohnt war, von der Apotheke ab. Sie umarmten sich herzlich und die Freude war auf beiden Seiten groß, obwohl erst wenige Wochen vergangen waren seit seiner Abreise. Adrian wollte dringend in seiner alten Schule vorbeifahren und fieberte dem Treffen entgegen. Doch dort angekommen wich seine Euphorie einer tristen Ernüchterung. Nur wenige Schulkameraden kannte er noch, und die meisten Schüler waren ihm fremd. Robert war auch nicht zu erreichen und wohl über das Wochenende unterwegs. Es war doch ein großer Unterschied, ob man hier wohnte und täglich zur Schule ging, oder nach Beendigung der Umschulung nur als Besucher für ein Wochenende hier war. Ein Auf und Ab der Gefühle überkam ihn, und er musste feststellen, dass die Zeit hier für ihn endgültig vorbei war. Man konnte den einmaligen Zauber der Vergangenheit nicht wieder herstellen. Er fuhr nachdenklich mit Brigitte zu ihren Eltern. Die wohnten in einem schönen Einfamilienhaus in einer ruhigen Gegend. An diesem Abend sprachen sie noch bis tief in die Nacht, und den folgenden Samstag verbrachten sie in Bad Pyrmont und Umgebung. Die letzte Nacht würde ihm immer in sehr guter Erinnerung bleiben, denn Brigitte holte ihn zu sich ins Zimmer, und sie verbrachten die nächsten Stunden bis zum Morgengrauen zusammen. „Wow Brigitte, ich dacht Du machst so etwas nicht nach den ersten Kennenlernen?", lachte Adrian, um sie ein wenig auf den Arm zu nehmen. „Ich möchte, dass du mich immer in guter Erinnerung behältst, und vielleicht besuch ich dich mal ganz spontan in Offenbach, wer weiß." „Offenbach ist jetzt nicht mehr mein Wohnort, du musst mich schon in Nieder-Roden besuchen, dort ist meine neue Arbeitsstelle. "Sonntagmittags, verabschiedeten sich beide herzlich und versprachen, sich gegenseitig zu schreiben. Dann ging die Rückfahrt in Richtung Hessen und Rhein-Main- Gebiet los, und der alte Diesel, brummte wie immer munter vor sich hin. Ein Geräusch, an das er sich gewöhnt hatte, und welches er richtig gerne hörte. Es war das zuverlässige Schnurren, welches jedem Diesel zugrunde liegt.

In Offenbach angekommen, erzählte er seinem Schulfreund Peter was er so erlebt hatte. „Hast du wenigstens ein Präservativ benutzt in dieser Nacht?", wollte dieser wissen. „Ach du lieber Gott, nein, ich war ja gar nicht darauf vorbereitet, dass wir miteinander schlafen würden, und als es dazu kam, war ich so überrascht das keine Zeit mehr war, irgendetwas zu verhindern." „Da hast du aber ein Problem, wenn sie schwanger wird." „Mal den Teufel nicht an die Wand, denn im Moment passt es mir gar nicht, denn ich wollte erst meinen Abschluss als Grafiker machen. Außerdem ist sie nicht dumm und arbeitet in einer Apotheke." Auf der anderen Seite, wäre es doch sehr schön, denn er würde gerne eine Familie gründen und eigene Kinder großziehen. Das alles ging ihm durch den Kopf, doch er wischte die Gedanken schnell weg, denn er wusste ja, dass Brigitte seine Adresse und Anschrift hatte. Ein kleiner Rest von Unsicherheit blieb jedoch bestehen, und er beschloss, sich nach seinem Umzug sofort bei ihr zu melden.

Sein Focus lag jetzt erst einmal auf seinem neuen Lebensabschnitt, seiner Band, und dem neuen Arbeitsverhältnis. Trotz allem war es doch richtig, dass er noch einmal nach Bad Pyrmont zurückgefahren war. Die anderthalb Jahre in der „Kaputtenschule" konnte er jetzt besser abschließen, und die Quintessenz war für ihn eine sehr wichtige:

„Alles im Leben ist im Fluss und auf dem Weg, nichts bleibt wie es ist, das Leben geht immer weiter, auch ohne uns. Dass es so sein muss liegt auf der Hand, sonst gäbe es keine Evolution, kein Baby, das zu einem erwachsenen Menschen wird, keine Blüte, die zu einer Frucht wird aber auch kein Urwald, der nach Millionen von Jahren zu Öl wird.

Nachtrag:

Ein paar Jahre später, Adrian befand sich gerade auf einer abenteuerlichen Reise nach England, die seinem Leben wieder in eine andere Richtung lenken würde, da erreichte ihn ein Brief von Charlies Frau:

„Lieber Adrian,

Mein geliebter Ehemann und Vater meiner Kinder, Dein alter Freund Charly, wurde Gestern in einem Waldstück bei Hildesheim erhängt aufgefunden. Er hat sich selbst das Leben genommen.

Dazu fällt mir nur eine Zen Weisheit ein:

„Wähle einen schönen Platz in der Stille, setze dich hin und sei ruhig. Wenn du willst, dann weine.

Herstellung und Verlag:
BoD - Books on Demand, Norderstedt
ISBN 978-3-7448-4889-3